Anton Tschechow

Eine schreckliche Nacht

Lustige Geschichten

Tschechow, Anton Pawlowitsch
Eine schreckliche Nacht
Lustige Geschichten
ISBN: 978-3-86267-462-6

Auflage: 1
Erscheinungsjahr: 2011
Erscheinungsort: Bremen, Deutschland
Cover: Ausschnitt aus dem Gemälde *Herbst* von Peter Nilus.

Textgrundlage für diese Edition ist die Ausgabe Anton Tschechow *Lustige Geschichten* aus dem Musarion Verlag, München (1920). Die Übersetzung wurde der neuen Rechtschreibung angepasst, die Transkription russischer Eigennamen folgt der Duden-Umschrift.

Europäischer Literaturverlag GmbH, Fahrenheitstr. 1, 28359 Bremen
www.elv-verlag.de

Eine schreckliche Nacht

Lustige Geschichten

www.elv-verlag.de

Inhalt:

Eine schreckliche Nacht	2
Der Redner	10
Die Nacht vor der Verhandlung	14
Verwirrung der Geister	21
Der Rächer seiner Ehre	26
Ein Glücklicher	32
Der teure Hund	39
Der Dramatiker	43
Der Gast	46
Der Kater	51
Ein Unikum	56
Die Rache	62
Die Freude!	67
Ein wehrloses Geschöpf	70
Eine Tochter Albions	77
Das Drama	82
Das Kunstwerk	89
Mnemotechnik	94
Der Tod des Beamten	97
Ja, das Publikum!	101
Starker Tobak	106
Ein Chamäleon	112
Aus dem Regen in die Traufe	117
Teure Stunden	125
Das Gewinnlos	133
Die Sünde	140

Eine schreckliche Nacht [1]

Iwan Petrowitsch Panichidin erblasste, schraubte den Lampendocht hinunter und begann mit erregter Stimme:

»Dichte Finsternis hielt die Erde umfangen, als ich in der Weihnachtsnacht 1883 von meinem inzwischen verstorbenen Freund heimkehrte, bei dem wir eine spiritistische Sitzung abgehalten hatten. Alle Gassen, durch die ich ging, waren aus irgendeinem Grunde nicht beleuchtet, und ich musste mich beinahe vorwärts tasten. Ich wohnte damals in Moskau, dicht neben der Kirche ›Mariä Himmelfahrt auf den Gräbern‹, im Hause des Beamten Trupow, also in einer der entlegensten Gegenden des Arbat-Stadtteils. Während ich heimging, bedrückten mich schwere Gedanken ...

– Dein Leben geht seinem Ende entgegen ... Tue Buße ... –

So lautete der Satz, den mir bei der Sitzung Spinoza sagte, dessen Geist zu zitieren uns gelungen war. Ich bat ihn, die Worte zu wiederholen, und die Untertasse wiederholte sie nicht nur, sondern fügte noch hinzu: – Heute Nacht! – Ich glaube nicht an den Spiritismus, doch der Gedanke an den Tod, selbst jeder Hinweis auf ihn, versetze mich in Trauer. Der Tod, meine Herrschaften, ist unvermeidlich, er ist alltäglich, und doch ist der Gedanke an ihn der Natur des Menschen zuwider ... Aber damals, als mich die undurchdringliche, kalte Finsternis einhüllte, vor meinen Augen die Regentropfen wirbelten, und ich weit und breit keine lebendige Seele sah und keine Menschenstimme hörte, war meine Seele von einem ungewissen, unfassbaren Grauen erfüllt. Ich, der ich sonst frei von Vorurteilen bin, eilte vorwärts und fürchtete, zurückzublicken oder auf die Seite zu schauen. Es war mir, als müsste ich, wenn ich zurückblickte, unbedingt den Tod in Gestalt eines Gespenstes sehen.«

Panichidin seufzte kurz auf, trank einen Schluck Wasser und fuhr fort:

---

[1] Übersetzt von Alexander Eliasberg.

»Dieses ungewisse, doch Ihnen begreifliche Grauen verließ mich auch dann nicht, als ich den dritten Stock des Trupowschen Hauses erstiegen, die Türe geöffnet und mein Zimmer betreten hatte. In meiner bescheidenen Behausung war es finster. Der Wind heulte im Ofen und klopfte gegen die Luftklappe, als begehrte er Einlass ins warme Zimmer.

– Wenn Spinoza die Wahrheit gesprochen hat, – sagte ich mir lächelnd, – so werde ich heute Nacht, während der Wind so weint, sterben müssen. Es ist doch recht unheimlich! –

Ich entzündete ein Streichholz ... Ein wilder Windstoß lief über das Hausdach. Das leise Weinen wurde zu einem wütenden Gebrüll. Irgendwo unten klapperte ein Fensterladen, den der Wind schon halb von den Angeln gerissen hatte, und die Luftklappe meines Ofens winselte jämmerlich um Hilfe ...

– Wie mag es wohl in einer solchen Nacht einem Obdachlosen zumute sein! – dachte ich mir.

Es war aber nicht die Zeit für ähnliche Betrachtungen. Als der Schwefel an meinem Zündholz mit einer bläulichen Flamme aufleuchtete und ich mich in meinem Zimmer umsah, bot sich meinen Augen ein unerwarteter und schrecklicher Anblick ... Wie schade, dass der Windstoß mein Zündholz nicht erreichte! Dann hätte ich vielleicht gar nichts erblickt und meine Haare stünden nicht zu Berge. Ich schrie auf, taumelte einen Schritt zurück und schloss, von Verzweiflung und Erstaunen erfüllt, die Augen ...

In der Mitte meines Zimmers stand ein Sarg.

Das blaue Flämmchen brannte nur kurz, doch ich hatte Zeit, die Umrisse des Sarges zu unterscheiden ... Ich sah den rosa getönten, glitzernden Silberbrokat, mit dem der Sarg überzogen war, ich sah das goldene Kreuz auf dem Deckel. Es gibt Dinge, meine Herrschaften, die sich tief unserem Gedächtnis einprägen, selbst wenn wir sie nur einen kurzen Augenblick gesehen haben. So war es auch mit diesem Sarg. Ich sah ihn nur eine Sekunde lang, kann mich aber seiner in allen Einzelheiten erinnern. Der Sarg war für einen Menschen von mittlerem Wuchs bestimmt, der rosa Farbe nach zu schließen, wohl für ein junges Mädchen. Der kostbare Silberbrokat, die Füße und Griffe aus Bronze, – alles sprach dafür, dass es sich um eine vermögende Leiche handelte.

Ich stürzte wie wahnsinnig aus meinem Zimmer und rannte, ohne zu denken, ohne zu überlegen, nur von unbeschreiblicher Angst erfüllt, die Treppe hinunter. Im Korridor und auf der Treppe war es finster, ich trat immer auf die Schöße meines Pelzmantels, und es ist einfach erstaunlich, dass ich mir dabei nicht das Genick brach. Mein Herz klopfte furchtbar, mein Atem stockte ...«

Eine der Zuhörerinnen schraubte den Lampendocht wieder hinauf, rückte näher an den Erzählenden heran, und dieser fuhr fort:

»Ich würde mich nicht gewundert haben, wenn ich in meinem Zimmer eine Feuersbrunst, einen Dieb oder einen tollen Hund angetroffen hätte ... Auch nicht, wenn die Decke und der Fußboden eingestürzt und die Mauern umgefallen wären ... Dies alles ist natürlich und begreiflich. Wie konnte aber in mein Zimmer der Sarg geraten sein? Wo kam er her? Ein teurer, offenbar für eine junge Aristokratin bestimmter Sarg, – wie konnte er in das armselige Zimmer eines bescheidenen Beamten gekommen sein? Ist er leer, oder liegt in ihm eine Leiche? Wer ist diese so früh aus dem Leben geschiedene reiche Dame, die mir einen so seltsamen und schrecklichen Besuch abgestattet hat? Ein qualvolles Geheimnis!

– Wenn es kein Wunder ist, so ist es ein Verbrechen, – ging es mir blitzartig durch den Kopf.

Ich war ganz ratlos. Meine Türe war während meiner Abwesenheit abgeschlossen gewesen und der Schlüssel hatte sich an einer Stelle befunden, die nur meinen nächsten Freunden bekannt war. Der Sarg war doch nicht von meinen Freunden auf mein Zimmer gebracht worden! Man könnte annehmen, dass der Sargmacher den Sarg aus Versehen in mein Zimmer gebracht hatte. Er hätte sich im Stockwerk oder in der Türe irren und den Sarg in eine falsche Wohnung abliefern können. Wer weiß aber nicht, dass unsere Sargmacher niemals das Zimmer verlassen, ehe sie das Geld für ihre Arbeit oder wenigstens ein Trinkgeld bekommen haben?

– Die Geister haben mir den Tod prophezeit, – dachte ich mir: – Vielleicht haben sie mich auch gleich mit einem Sarge versorgt? –

Meine Herrschaften, ich glaubte niemals an den Spiritismus und glaube auch heute nicht an ihn, doch so ein Zufall kann selbst einen Philosophen in eine mystische Stimmung versetzen.

– Das ist aber so furchtbar dumm, und ich bin ängstlich wie ein Schuljunge, – sagte ich mir. – Es war nur eine optische Täuschung und sonst nichts! Auf dem Heimwege befand ich mich in einer so düsteren Stimmung, dass es gar kein Wunder ist, wenn meine kranken Nerven einen Sarg zu sehen vermeinten ... Natürlich, eine optische Täuschung! Was denn sonst? –

Der Regen peitschte mich ins Gesicht, und der Wind zerrte wütend an meinen Schößen und meiner Mütze ... Ich war ganz durchfroren und durchnässt. Ich musste doch irgendwo hingehen, doch wohin? Nach Hause zurückkehren, hieße doch, sich dem Risiko aussetzen, wieder den Sarg zu sehen; dieser Anblick ging aber über meine Kraft. Ohne eine lebende Seele in meiner Nähe zu haben, ohne eine Stimme zu hören, hätte ich, wenn ich mit dem Sarg, in dem vielleicht auch eine Leiche lag, allein geblieben wäre, verrückt werden können. Es war aber auch unmöglich, im Regen und in der Kälte auf der Straße zu bleiben.

Ich entschloss mich, zu meinem Freunde Upokojew zu gehen, der sich, wie Sie wissen, später erschossen hat, und bei ihm zu übernachten. Er lebte in der Pension Tschereepow in der Totengasse.«

Panichidin wischte sich den kalten Schweiß vom Gesicht, seufzte schwer auf und fuhr fort:

»Ich traf meinen Freund nicht an. Nachdem ich angeklopft und mich überzeugt hatte, dass er nicht zu Hause war, fand ich auf dem Pfosten über der Türe den Schlüssel und trat ein. Ich warf meinen durchnässten Pelzmantel auf den Fußboden, fand im Finstern tastend das Sofa und setzte mich hin, um auszuruhen. Es war stockfinster ... Im Ventilator summte traurig der Wind. Im Ofen zirpte eintönig das Heimchen. Im Kreml fing man eben an, zur Weihnachtsmesse zu läuten. Ich beeilte mich, ein Zündholz anzustecken. Das Licht befreite mich jedoch nicht von der düsteren Stimmung, sondern im Gegenteil. Ein schreckliches, unsagbares Grauen bemächtigte sich meiner von Neuem ... Ich schrie auf, wankte und verließ halb bewusstlos das Zimmer ...

Im Zimmer meines Freundes sah ich dasselbe wie bei mir: einen Sarg!

Der Sarg meines Freundes war beinahe doppelt so groß als der meinige, und der braune Stoff, mit dem er überzogen war, verlieh ihm einen besonders düsteren Charakter. Wie war er nur hergeraten? Dass es bloß eine optische Täuschung war, unterlag wohl keinem Zweifel ... Wie sollte auch in jedes Zimmer ein Sarg kommen? Es war offenbar eine rein nervöse Erscheinung, eine Halluzination. Wohin ich jetzt auch gehen wollte, überall würde ich wohl die schreckliche Behausung des Todes sehen. Folglich war ich dem Wahnsinn nahe und im Begriff, an einer ›Sargomanie‹ zu erkranken; die Ursache der Erkrankung war nicht schwer zu ergründen: Ich brauchte mich nur der spiritistischen Sitzung der Worte Spinozas zu erinnern ...

– Ich werde verrückt! - sagte ich mir entsetzt und griff mich an den Kopf. – Mein Gott! Was soll ich machen?

Mein Kopf drohte zu zerspringen, meine Beine knickten ein ... Es goss in Strömen, der Wind ging mir durch Mark und Bein, und ich hatte weder Pelz noch Mütze. In das Zimmer Upokojews zurückkehren, um meine Sachen zu holen, ging über meine Kraft ... Das Grauen hielt mich in seinen kalten Armen fest. Die Haare standen mir zu Berge, kalter Schweiß rann mir in Strömen von der Stirne, obwohl ich auch fest daran glaubte, dass es nur eine Halluzination sei.«

»Was sollte ich machen?«, fuhr Panichidin fort. »Ich wurde allmählich verrückt und riskierte, mich auch noch zu erkälten. Zum Glück erinnerte ich mich, dass in der Nähe der Totengasse mein guter Freund Pogostow, ein junger Arzt, wohnte, der soeben sein Staatsexamen gemacht und in dieser Nacht der gleichen spiritistischen Sitzung beigewohnt hatte. Ich eilte zu ihm ... Damals war er noch nicht mit der reichen Kaufmannswitwe verheiratet und wohnte im vierten Stock des Hauses des Staatsrates Kladbischtschenskij.

Bei Pogostow stand meinen Nerven eine neue Tortur bevor. Während ich zum vierten Stock hinaufstieg, hörte ich einen furchtbaren Lärm. Oben rannte jemand herum, trampelte mit den Füßen und schlug die Türen zu.

– Zu mir! – hörte ich ein herzzerreißendes Geschrei: – Zu mir! Hausmeister! –

Einen Augenblick später rannte mir von oben eine dunkle Gestalt im Pelzmantel und eingedrücktem Zylinder entgegen ...

– Pogostow! – rief ich aus, als ich meinen Freund erkannte. – Sind Sie es? Was haben Sie denn? –

Pogostow blieb vor mir stehen und griff krampfhaft nach meiner Hand. Er war blass, keuchte schwer und zitterte. Seine Augen schweiften wie bei einem Irren umher, und seine Brust hob und senkte sich ...

– Sind Sie es, Panichidin? – fragte er mit dumpfer Stimme. – Sind Sie es wirklich? Sie sind blass wie eine Leiche ... Vielleicht sind auch Sie eine Halluzination? ... Mein Gott ... Sie sind so schrecklich ... –

– Aber was haben Sie? Auch Sie sehen entsetzlich aus! –

– Ach, lassen Sie mich erst Atem holen ... Ich bin froh, dass ich Sie sehe, wenn Sie es wirklich sind und es keine optische Täuschung ist. Die verfluchte spiritistische Sitzung ... Sie hat meine Nerven so furchtbar erregt, dass ich, nach Hause zurückgekehrt, in meinem Zimmer ... was glauben Sie wohl? ... einen Sarg sah! –

Ich traute meinen Ohren nicht und bat ihn, seine Worte zu wiederholen.

– Einen Sarg, einen echten Sarg! – sagte der Arzt, indem er sich erschöpft auf eine der Stufen niederließ. – Ich bin kein Feigling, aber auch der Teufel selbst wird erschrecken, wenn er nach einer spiritistischen Sitzung im Finstern auf einen Sarg stößt! –

Stotternd erzählte ich ihm von den Särgen, die ich gesehen hatte ...

Eine Minute lang glotzten wir einander mit weit aufgesperrten Augen und Mündern an. Dann fingen wir an, einander zu kneifen, um uns zu vergewissern, dass es keine Halluzination sei.

– Wir spüren beide den Schmerz, – sagte der Arzt – folglich schlafen wir nicht und sehen einander wirklich. Folglich sind die Särge, wie der Ihrige so auch der meine keine optischen Täuschungen, sondern etwas Greifbares. Was fangen wir jetzt an, lieber Freund? –

Nachdem wir eine geschlagene Stunde im kalten Treppenhaus gestanden und alle möglichen Hypothesen aufgestellt hatten, waren wir ganz erfroren und fassten den Entschluss, uns von der kleinmütigen Angst freizumachen, den Diener zu wecken und mit ihm in das Zimmer des Arztes zu gehen. So machten wir es auch. Wir traten ins Zimmer, zündeten eine Kerze an und erblickten tatsächlich einen mit weißem Silberbrokat überzogenen Sarg mit goldenen Fransen und Quasten. Der Diener schlug andächtig ein Kreuz.

– Jetzt wollen wir feststellen, – sagte der Arzt ganz bleich und am ganzen Leibe zitternd, – ob dieser Sarg leer ist oder ... bewohnt ... –

Nach einem langen, wohl begreiflichen inneren Kampfe beugte er sich und hob, vor Angst und Spannung die Zähne zusammenbeißend, den Sargdeckel. Wir blickten in den Sarg hinein und ...

Der Sarg war leer ...

Es lag keine Leiche darin, dafür fanden wir einen Brief folgenden Inhalts:

– Lieber Pogostow! Du weißt doch, dass mein Schwiegervater vor dem Bankrott steht. Er steckt bis an den Hals in Schulden. Morgen oder übermorgen kommt der Gerichtsvollzieher, und das wird seine Familie, wie auch die meine endgültig ruinieren und auch unsere Ehre untergraben, die für mich doch am wertvollsten ist. Auf unserem gestrigen Familienrate beschlossen wir, alles, was einen Wert hat, zu verstecken. Da das ganze Vermögen meines Schwiegervaters in Särgen steckt (er ist, wie Du weißt, der beste Sarglieferant in unserer Stadt), so entschlossen wir uns, die besseren Särge auf die Seite zu tun. Ich wende mich an Dich mit der Bitte, mir den Freundschaftsdienst zu tun und mir zu helfen, unser Vermögen und unsere Ehre zu retten! In der Hoffnung, dass Du uns helfen willst, unser Vermögen zu erhalten, schicke ich Dir, lieber Freund, einen Sarg und bitte Dich, ihn bei Dir zu verwahren, bis ich ihn wieder abhole. Ohne Hilfe unserer Bekannten und Freunde müssen wir zugrunde gehen. Ich hoffe, dass Du mir die Bitte nicht abschlagen wirst, um so mehr als der Sarg bei Dir höchstens acht Tage bleiben soll. Jedem, den ich für unseren wahren Freund halte, schickte ich einen Sarg und baue auf seine Großmut und Güte. In Liebe Dein Iwan Tscheljustin. –

Nach dieser Geschichte musste ich mich drei Monate lang von einem Nervenarzt behandeln lassen, doch unser Freund, der Schwiegersohn des Sargmachers, hat sein Vermögen und seine Ehre gerettet: Heute ist er Besitzer eines Beerdigungsinstituts und handelt mit Grabmälern und Grabsteinen. Seine Geschäfte gehen nicht besonders gut, und sooft ich jetzt abends heimkomme, fürchte ich immer, neben meinem Bette einen Grabstein aus weißem Marmor oder einen Katafalk vorzufinden.«

Der Redner [2]

Eines schönen Morgens beerdigte man den Kollegienassessor Kirill Iwanowitsch Wawilonow, der an zwei Krankheiten, die in unserem Vaterlande besonders verbreitet sind, gestorben war: an einer bösen Frau und am Alkoholismus. Als der Leichenzug sich von der Kirche zum Friedhof in Bewegung setzte, nahm einer der Kollegen des Verstorbenen, ein gewisser Poplawskij eine Droschke und fuhr zu seinem Freund Grigorij Petrowitsch Sapojkin, einem noch jungen, aber schon recht populären Herrn. Sapojkin hat, wie es vielen meiner Leser schon bekannt ist, die seltene Gabe, Hochzeits-, Jubiläums- und Grabreden aus dem Stegreif zu halten. Er kann in jedem Zustande reden: Wenn man ihn aus dem Schlafe weckt, auf den nüchternen Magen, besoffen und im Fieber. Seine Reden fließen ebenso gleichmäßig und reichlich dahin wie das Wasser aus einer Regentraufe; in seinem Vokabular gibt es viel mehr rührende Worte als in einem beliebigen Wirtshause Kakerlaken. Er spricht immer geschraubt und so lang, dass man zuweilen, besonders bei Hochzeiten in Kaufmannsfamilien die Hilfe der Polizei anrufen muss, um ihn zum Schweigen zu bringen.

»Ich komme zu dir mit einer Bitte, Bruder!«, begann Poplawskij, als er ihn zu Hause angetroffen hatte. »Zieh dich augenblicklich an und komme mit mir. Einer von den Unsrigen ist gestorben, wir geben ihm eben das letzte Geleite, also muss man zum Abschied irgendein Blech zusammenreden ... Du bist unsere einzige Hoffnung. Wenn einer von den kleineren Beamten gestorben wäre, hätte ich dich nicht belästigt; es ist aber der Sekretär, sozusagen der Grundpfeiler der ganzen Kanzlei. So einen Kerl kann man doch wirklich nicht ohne eine Rede beerdigen.«

»Ach so, der Sekretär!«, versetzte Sapojkin gähnend. »Der Trunkenbold?«

---

[2] Übersetzt von Alexander Eliasberg.

»Ja, der Trunkenbold. Es wird Pfannkuchen geben und noch mancherlei ... die Droschke kriegst du bezahlt. Komm mit, Liebster! Du wirst am Grabe etwas im Stile Ciceros vorquatschen, und der Dank wird nicht ausbleiben!«

Sapojkin ging darauf gerne ein. Er zerzauste sich das Haar, nahm einen melancholischen Gesichtsausdruck an und trat mit Poplawskij auf die Straße.

»Ich kenne euren Sekretär,« sagte er, in die Droschke steigend. »Ein Spitzbube und eine Bestie war er, Gott hab' ihn selig, wie man nicht so bald einen zweiten findet.«

»Grischa, auf einen Toten schimpft man doch nicht!«

»Ja, gewiss, *aut mortuis nihil bene*, aber er war doch ein Gauner.«

Die beiden Freunde holten den Leichenzug ein und gesellten sich zur Prozession. Diese bewegte sich so langsam, dass Poplawskij und Sapojkin unterwegs Zeit hatten, dreimal in Wirtshäuser einzukehren und für das Seelenheil des Verstorbenen je ein Glas Schnaps zu trinken.

Auf dem Friedhof wurde eine Messe gelesen. Die Schwiegermutter, die Witwe und die Schwägerin vergossen der Sitte gemäß viele Tränen. Als der Sarg ins Grab versenkt wurde, schrie die Witwe sogar auf: »Lasst mich zu ihm!« Sie folgte ihm aber doch nicht ins Grab, wahrscheinlich, weil sie sich der Pension erinnerte. Als alles still geworden war, trat Sapojkin vor, ließ seine Blicke im Kreise schweifen und begann: »Soll ich meinen Augen und Ohren trauen? Ist nicht dieser Sarg, sind nicht diese verweinten Gesichter, diese Seufzer und Klagerufe nur ein schrecklicher Traum? Doch ach, es ist kein Traum, und unsere Augen täuschen uns nicht! Der, den wir vor Kurzem so rüstig, so jugendlich und so frisch gesehen haben, der vor unseren Augen, der emsigen Biene gleich, den Honig in den Bienenstock der staatlichen Ordnung trug, der, welcher ... dieser selbe ist nun Staub geworden, eine körperliche Fata Morgana. Der unerbittliche Tod hat ihn mit seiner erstarrenden Hand zu einer Zeit berührt, wo er, trotz seines gebeugten Alters, noch voller blühender Kräfte und strahlender Hoffnungen war. Dieser unersetzliche Verlust! Wer kann seine Stelle ausfüllen? Gute Beamte haben wir genug, doch Prokofij Ossipytsch war der einzige. Er war bis in die Tiefe seiner Seele seiner ehrlichen Pflicht ergeben, er schonte seine Kräfte nicht, er durchwachte manche Nacht und war uneigennützig und unbestechlich ... Wie verachtete er diejenigen, die sich bemühten, ihn zum Schaden der Allgemeinheit zu bestechen, die es versuchten, ihn durch die Anerbietung der verlockenden irdischen Güter zu verführen, seiner Pflicht untreu zu werden! Ja, wir alle sahen es, wie Prokofij Ossipytsch sein kleines Gehalt unter seinen ärmeren Kollegen verteilte, und wir hörten eben die Klagen der Witwen und Waisen, die von seinen Gaben lebten. Seinen Pflichten und den guten Werken ergeben, kannte er keine Lebensfreuden und entsagte selbst dem Glücke des Familienlebens: Es ist Ihnen allen bekannt, dass er bis ans Ende seiner Tage Junggeselle blieb! Und wer wird ihn uns als Kollegen ersetzen? Ich sehe sein bartloses, herzinniges Gesicht mit dem gutmütigen Lächeln wie lebendig vor mir und höre seine sanfte, zärtliche, freundschaftliche Stimme. Friede deiner Asche, Prokofij Ossipytsch! Ruhe sanft, du edler Held der Pflicht!«

Sapojkin redete weiter, doch die Zuhörer begannen zu tuscheln. Die Rede gefiel allen sehr gut, weckte auch einige Tränen, erschien aber in mancher Beziehung etwas sonderbar. Erstens war es unverständlich, warum der Redner den Verstorbenen Prokofij Ossipytsch nannte, während er in Wirklichkeit Kirill Iwanowitsch hieß. Zweitens war es allen bekannt, dass der Verstorbene sein Leben lang mit seiner legitimen Gattin gekämpft hatte und folglich nicht als Junggeselle angesehen werden durfte; drittens hatte er einen üppigen roten Vollbart, und es war unverständlich, warum der Redner von seiner Bartlosigkeit sprach. Die Zuhörer staunten, wechselten Blicke und zuckten die Achseln.

»Prokofij Ossipytsch!«, fuhr der Redner fort, begeistert auf das Grab blickend. »Dein Gesicht war unschön, sogar hässlich, du warst mürrisch und unfreundlich, doch wir wussten alle, dass in dieser sichtbaren Hülle ein ehrliches Freundesherz schlug!«

Die Zuhörer merkten nun, dass auch mit dem Redner etwas Sonderbares vorging. Er starrte auf einen Punkt, rückte unruhig hin und her und zuckte auch selbst die Achseln. Plötzlich verstummte er, riss erstaunt den Mund auf und wandte sich zu Poplawskij um.

»Hör einmal, er lebt doch!«, sagte er entsetzt.

»Wer lebt?«

»Prokofij Ossipytsch! Da steht er ja neben dem Grabdenkmal!«

»Er ist ja auch gar nicht gestorben! Gestorben ist Kirill Iwanowitsch!«

»Du hast mir doch selbst gesagt, euer Sekretär sei gestorben!«

»Kirill Iwanowitsch war auch unser Sekretär. Du hast es verwechselt! Prokofij Ossipytsch war allerdings bei uns einmal Sekretär, aber man hat ihn schon vor zwei Jahren als Amtsvorstand in die zweite Abteilung versetzt.«

»Da soll sich der Teufel auskennen!«

»Warum bist du aber mitten drin stecken geblieben? Fahre fort, es passt ja nicht!«

Sapojkin wandte sich zum Grabe und setzte mit früherer Begeisterung die unterbrochene Rede fort. An einem Grabdenkmal stand tatsächlich Prokofij Ossipytsch, ein alter Beamter mit glatt rasiertem Gesicht. Er blickte den Redner an und machte ein unzufriedenes Gesicht. »Was ist dir nur eingefallen!«, lachten die Beamten, als sie mit Sapojkin vom Friedhof heimgingen. »Einen lebendigen Menschen wolltest du beerdigen!«

»Es ist nicht schön, junger Mann!«, brummte Prokofij Ossipytsch. »Ihre Rede taugt vielleicht für einen Toten, doch in Bezug auf einen Lebenden klingt sie wie Hohn! Erlauben Sie einmal, was haben Sie gesagt? Uneigennützig, unbestechlich! Von einem lebenden Menschen kann man doch so was nur zum Spott sagen. Auch hat Sie niemand gebeten, sich so über mein Gesicht zu verbreiten. Gut, ich bin unschön und hässlich, aber warum soll man mein Gesicht so der Öffentlichkeit zeigen? Das ist doch kränkend.«

Die Nacht vor der Verhandlung [3]

Es wird ein Unglück geben, Herr!«, sagte der Postillon, sich zu mir wendend und mit der Peitsche auf einen Hasen zeigend, der uns über den Weg lief.

Ich wusste auch ohne den Hasen, dass meine Lage eine verzweifelte war. Ich fuhr nach S., um mich vor dem Kreisgericht wegen Bigamie zu verantworten. Das Wetter war entsetzlich. Als ich spät in der Nacht die Poststation erreichte, sah ich wie ein Mensch aus, den man mit Schnee beworfen, mit Wasser begossen und obendrein auch durchgeprügelt hatte: so furchtbar war ich durchfroren, durchnässt und vom eintönigen Rütteln betäubt. Auf der Station empfing mich der Stationsaufseher, ein langer Kerl in blaugestreifter Unterhose, kahl, verschlafen und mit einem Schnurrbart, der ihm aus den Nasenlöchern zu wachsen schien, sodass er wohl nichts riechen konnte.

Aber es gab da, offen gestanden, was zu riechen. Als der Aufseher, brummend, schnaubend und sich den Hals juckend, die Tür zu den Stationszimmern aufmachte und mir schweigend mit dem Ellbogen meine Ruhestätte zeigte, umfing mich sofort ein durchdringender Geruch von etwas Saurem, von Siegellack und zerdrückten Wanzen, sodass ich beinahe erstickte. Das Blechlämpchen, das auf dem Tische stand und die ungestrichenen Holzwände beleuchtete, qualmte wie ein Kienspan.

»Einen Gestank haben Sie hier, Signore!«, sagte ich, als ich eintrat und meinen Koffer auf den Tisch stellte.

Der Aufseher schnupperte die Luft und schüttelte misstrauisch den Kopf.

»Es riecht wie überall,« sagte er und juckte sich von Neuem. »Das kommt Ihnen nach dem Frost nur so vor. Die Kutscher schlafen bei den Pferden, und die Herrschaften riechen nicht.«

Ich schickte den Aufseher hinaus und begann meine provisorische Behausung zu mustern. Das Sofa, auf dem ich schlafen

---

[3] Übersetzt von Alexander Eliasberg.

sollte, war breit wie ein zweischläfriges Bett, mit Wachstuch überzogen und kalt wie Eis. Außer dem Sofa befanden sich im Zimmer ferner: ein großer eiserner Ofen, ein Tisch mit dem schon erwähnten Lämpchen, ein Paar Filzstiefel, eine fremde Handtasche und eine spanische Wand, die eine der Zimmerecken abteilte. Hinter der Wand schlief jemand leise. Nachdem ich mir dies alles angesehen hatte, machte ich mir auf dem Sofa mein Nachtlager zurecht und begann mich auszuziehen. Meine Nase gewöhnte sich bald an den Gestank. Nachdem ich den Rock, die Beinkleider und die Stiefel ausgezogen hatte, fing ich an, um den eisernen Ofen herumzuspringen, wobei ich meine bloßen Füße emporwarf, alle meine Glieder dehnte, mich krümmte und vor Behagen lächelte. Diese Sprünge erwärmten mich. Es blieb mir nur noch übrig, mich auf dem Sofa auszustrecken und einzuschlafen, als plötzlich etwas Unerwartetes passierte. Mein Blick fiel zufällig hinter die spanische Wand und ... man stelle sich nur mein Entsetzen vor! Hinter der Wand guckte ein Frauenköpfchen mit aufgelöstem Haar und schwarzen Augen hervor. Es zeigte die Zähne, die schwarzen Brauen zuckten, auf den Wangen zitterten reizende Grübchen, – folglich lachte es. Ich wurde verlegen. Als das Köpfchen sah, dass ich es bemerkt hatte, wurde es auch verlegen und verschwand. Wie schuldbeladen ging ich mit gesenkten Blicken still zu meinem Sofa, legte mich hin und deckte mich mit meinem Pelzmantel zu.

– Furchtbar dumm! – dachte ich mir. – Sie hat also gesehen, wie ich herumgesprungen bin! Furchtbar dumm ... –

Das entzückende Gesichtchen wollte mir nicht aus dem Sinn, und meine Fantasie ging durch. Bilder, eines schöner und verführerischer als das andere, drängten sich in meinem Kopfe, und plötzlich fühlte ich, wohl als Strafe für meine sündhaften Gedanken, einen heftigen, brennenden Schmerz auf der rechten Wange. Ich griff nach der Wange, fing nichts, erriet aber sofort den Sachverhalt: Es roch stark nach einer zerdrückten Wanze.

»Das ist wirklich, der Teufel weiß was!«, hörte ich im gleichen Augenblick eine weibliche Stimme. »Die verfluchten Wanzen wollen mich wohl auffressen.«

Hm! ... Ich erinnerte mich meiner nützlichen Angewohnheit, auf Reisen stets Insektenpulver mitzuführen. Auch diesmal war ich dieser Gewohnheit treu geblieben. Die Büchse mit dem Insektenpulver war im Nu aus dem Koffer hervorgeholt. Es blieb mir nur noch übrig, der Besitzerin des hübschen Köpfchens dieses Mittel anzubieten, und die Bekanntschaft war geschlossen. Aber wie sollte ich es ihr anbieten?

»Das ist entsetzlich!«

»Gnädigste,« sagte ich mit süßer Stimme, »Wenn ich Ihre letzte Bemerkung richtig verstanden habe, so werden Sie von den Wanzen geplagt. Ich aber habe Insektenpulver bei mir. Wenn Sie wünschen, so ...«

»Ach, bitte!«

»In diesem Falle ... ich ziehe sofort meinen Pelz an,« rief ich erfreut, »und bringe es Ihnen ...«

»Nein, nein ... Reichen Sie es mir über die Wand herüber, hierher dürfen Sie nicht!«

»Ich weiß selbst, dass ich es nur über die spanische Wand herüberreichen darf ... Haben Sie keine Angst: Ich bin doch kein Räuber ...«

»Wer kann das wissen! Unterwegs begegnet man allerlei Menschen ...«

»Hm! ... Und wenn ich auch hinter die Wand komme ... Es ist doch nichts Besonderes dabei ... um so mehr als ich Arzt bin,« log ich ihr vor. »Ärzte, Gerichtsvollzieher und Damenfriseure haben aber das Recht, ins Privatleben einzudringen.«

»Ist es auch wahr, dass Sie Arzt sind? Im Ernst?«

»Mein Ehrenwort. Darf ich Ihnen also das Insektenpulver bringen?«

»Nun, wenn Sie Arzt sind, dann ... Warum sollen Sie sich aber bemühen? Ich kann ja auch meinen Mann zu Ihnen herausschicken ... Fedja!«, sagte die Brünette mit gedämpfter Stimme. »Fedja! So wach doch auf, du Schlafmütze! Steh auf und geh hinaus ... Der Herr Doktor ist so freundlich und bietet uns Insektenpulver an.«

Die Anwesenheit Fedjas hinter der spanischen Wand war für mich eine erschütternde Neuigkeit. Ich war wie vor den Kopf geschlagen ... Meine Seele war von einem Gefühl erfüllt, das wahrscheinlich der Gewehrhahn empfindet, wenn er mal versagt hat: Ich empfand Scham, Ärger und eine schmerzliche Enttäuschung ... Es war mir so übel zumute, und dieser Fedja kam mir so gemein vor, dass ich, als er hinter der spanischen Wand hervortrat, beinahe um Hilfe schrie. Fedja war ein groß gewachsener, sehniger Mann von etwa fünfzig Jahren mit grauem Backenbart, zusammengepressten Beamtenlippen und blauen, unruhig zitternden Äderchen an Nase und Schläfen. Er hatte einen Schlafrock und Morgenschuhe an.

»Sie sind sehr freundlich, Herr Doktor...« sagte er, indem er mir das Insektenpulver aus der Hand nahm und wieder hinter seine Wand ging. »Ich danke schön .... Wurden Sie auch vom Schneesturm überrascht?«

»Ja!«, brummte ich, indem ich mich wieder aufs Sofa legte und wütend den Pelz über mich zog. »Ja!«

»So, so ... Sinotschka, über dein Näschen läuft gerade eine Wanze! Erlaube, dass ich sie fange!«

»Du darfst es,« antwortete Sinotschka lachend. »Nicht gefangen! Bist ein Staatsrat, alle fürchten dich, und doch kannst du nicht mal mit einer Wanze fertig werden!«

»Sinotschka, der Herr hört dich ja ... (Ein Seufzer.) Immer bist du so ... bei Gott ...«

»Diese Schweine lassen einen gar nicht einschlafen!«, brummte ich. Ich war wütend, ich wusste selbst nicht, auf wen.

Doch die Gatten schliefen bald ein. Ich schloss die Augen und bemühte mich, an nichts zu denken, um einzuschlafen. Es verging aber eine halbe Stunde, eine Stunde ... ich schlief noch immer nicht. Endlich regten sich auch meine Nachbarn und begannen leise zu fluchen.

»Es ist erstaunlich, selbst das Insektenpulver wirkt auf sie nicht!«, brummte Fedja. »Diese Menge von Wanzen! Herr Doktor! Sinotschka bittet mich, Sie zu fragen, warum die Wanzen so abscheulich stinken?«

Wir kamen ins Gespräch. Wir sprachen von den Wanzen, vom Wetter, vom russischen Winter, von der Medizin, in der ich mich ebenso auskenne wie in der Astronomie; wir sprachen auch von Edison ...

»Sinotschka, geniere dich doch nicht ... Er ist ja Arzt!«, hörte ich ihn nach dem Gespräch über Edison flüstern. »Geniere dich nicht und frage ihn ... Brauchst dich nicht zu fürchten. Scherwezow hat dir nicht geholfen, aber dieser wird vielleicht helfen.«

»Frag' ihn selbst!«, flüsterte Sinotschka.

»Herr Doktor,« wandte sich Fedja an mich: »Woher mag es wohl kommen, dass meine Frau immer diese Brustbeklemmung hat? Sie hustet, wissen Sie ... und dabei hat sie so einen Druck in der Brust, als ob in der Lunge etwas eingetrocknet wäre ...«

»Das ist eine lange Geschichte, so einfach kann ich Ihre Frage nicht beantworten,« sagte ich, um mich aus der Affäre zu ziehen.

»Das macht doch nichts, dass es eine lange Geschichte ist! Wir haben ja genug Zeit, wir schlafen sowieso nicht ... Lieber Freund, untersuchen Sie sie doch! Ich muss vorausschicken, dass sie bisher von Scherwezow behandelt wurde. Dieser ist zwar ein guter Mensch, aber ... wer soll sich da auskennen? Ich traue ihm nicht! Ich traue ihm gar nicht! Ich sehe wohl, dass Sie keine Lust haben, aber seien Sie doch so gut! Untersuchen Sie sie, und ich gehe inzwischen zum Stationsaufseher und lasse einen Samowar bringen.«

Fedja schlürfte mit seinen Pantoffeln und ging hinaus. Ich begab mich hinter die spanische Wand. Sinotschka saß auf einem breiten Sofa, von einer Menge Kissen umgeben, und hielt den Spitzenkragen ihrer Nachtjacke fest.

»Zeigen Sie mal die Zunge!«, begann ich, indem ich mich neben sie aufs Sofa setzte und die Stirne runzelte.

Sie zeigte die Zunge und lachte. Die Zunge war rot und ganz gewöhnlich. Ich tastete nach ihrem Puls.

»Hm! ...« sagte ich, nachdem ich den Puls nicht gefunden hatte.

Ich weiß nicht mehr, was ich an sie noch alles für Fragen stellte, während ich ihr ins lachende Gesicht blickte; ich weiß nur noch, dass ich schließlich so dumm und blöde geworden war, dass mir gar keine Fragen mehr einfallen wollten.

Schließlich saß ich in Gesellschaft Fedjas und Sinotschkas vor dem Samowar; ich musste ihr ein Rezept verschreiben, und ich machte es nach allen Regeln der ärztlichen Wissenschaft:

Rp. Sic transit	0,05
Gloria mundi	1,0
Aquae destillatae	0,1

Einen Löffel alle zwei Stunden.

Für Frau Sjelowa.

Dr. Saitzew

Als ich am Morgen vollkommen reisefertig, mit dem Koffer in der Hand, von meinen neuen Bekannten für alle Ewigkeit Abschied nahm, hielt mich Fedja am Rockknopf fest und reichte mir einen Zehnrubelschein.

»Nein, Sie sind verpflichtet, das Geld zu nehmen!«, redete er mir zu. »Ich pflege jede ehrliche Arbeit zu bezahlen! Sie haben doch studiert und gearbeitet! Ihr Wissen hat Sie genug Schweiß und Blut gekostet! Ich weiß es doch!«

Was sollte ich machen? Ich musste den Zehnrubelschein einstecken.

Beiläufig so verbrachte ich die Nacht vor der Gerichtsverhandlung. Ich will gar nicht beschreiben, was ich fühlte, als vor mir die Tür aufging und der Gerichtsdiener mir die Anklagebank zeigte. Ich will nur sagen, dass ich blass und verlegen wurde, als ich um mich blickte und die tausend auf mich gerichteten Augen sah; und als ich die ernsten, feierlichen Physiognomien der Geschworenen musterte, las ich mir selbst das Sterbegebet ...

Doch ich kann gar nicht beschreiben, und Sie können sich auch gar nicht vorstellen, welches Grauen mich beschlich, als ich meinen Blick auf den mit rotem Tuch bedeckten Richtertisch hob und auf dem Staatsanwaltssessel – wen glauben Sie wohl? – Fedja erblickte! Er saß da und schrieb etwas. Als ich ihn ansah, musste ich an die Wanzen, an Sinotschka und an meine Diagnose denken, und ein ganzes Eismeer überlief mir den Rücken ... Als er mit seinem Schreiben fertig war, sah er mich an. Zuerst erkannte er mich nicht, dann aber erweiterten sich seine Pupillen, sein Unterkiefer hing auf einmal kraftlos hinab, seine Hand zitterte. Er stand langsam auf und richtete auf mich seinen bleiernen Blick. Auch ich stand, ich weiß selbst nicht warum, auf und starrte ihn an ...

»Angeklagter, nennen Sie Ihren Namen, Stand usw.« begann der Vorsitzende.

Der Staatsanwalt setzte sich hin und trank ein Glas Wasser. Kalter Schweiß war ihm in die Stirne getreten.

– Nun werde ich was erleben! – dachte ich mir.

Anscheinend hat der Staatsanwalt fest beschlossen, mich ordentlich zu verdonnern. Während der ganzen Verhandlung war er aufgeregt, wühlte in den Zeugenaussagen herum, machte lange Geschichten und schimpfte ...

Ich muss aber schließen. Ich schreibe dies im Gerichtsgebäude während der Mittagspause ... Gleich kommt die Rede des Staatsanwalts.

Was werde ich wohl erleben?

Verwirrung der Geister [4]

Die Erde stellte eine Hölle dar. Die Nachmittagssonne brannte mit solchem Eifer, dass selbst das Thermometer, das im Amtszimmer des Akzisenbeamten hing, ganz ratlos wurde: Es stieg bis 35,8 Grad Reaumur und blieb unentschlossen stehen ... Von den Bürgern troff der Schweiß wie von müde gehetzten Pferden; sie ließen ihn ruhig eintrocknen, denn sie waren zu faul, um ihn abzuwischen.

Über den großen Marktplatz, längs der Häuserreihe mit den hermetisch verschlossenen Fensterläden, gingen zwei Bürger: der Rentmeister Potscheschichin und der Rechtskonsulent (und jahrelanger Berichterstatter der Zeitung »Sohn des Vaterlandes«) Optimow. Sie gingen nebeneinander und schwiegen infolge der großen Hitze. Optimow hatte wohl Lust, Kritik am Magistrat wegen des Staubes und Schmutzes auf dem Marktplatze zu üben, da er aber den friedlichen Charakter und die gemäßigte Gesinnung seines Weggenossen kannte, zog er es vor, zu schweigen.

Mitten auf dem Marktplatze blieb Potscheschichin plötzlich stehen und blickte zum Himmel hinauf.

»Was schauen Sie denn, Jewpl Serapionytsch?«

»Da sind eben Stare vorbeigeflogen. Ich will mal sehen, wo sie sich hinsetzen werden. Eine ganze Wolke! Wenn man aus einem Gewehr schießen und sie dann auflesen wollte ... und wenn man ... Im Garten des Herrn Dompfarrers haben sie sich hingesetzt!«

»Keine Spur, Jewpl Serapionytsch! Nicht beim Herrn Dompfarrer, sondern beim Herrn Diakon Wratoadow. Und wenn man von hier aus schießen wollte, so würde man nichts treffen. So ein Schrotkorn ist ja klein und verliert, ehe es sie erreicht, jede Kraft. Und warum soll man sie auch töten? Der Vogel fügt zwar dem Beerenobst Schaden zu, ist aber immerhin eine Kreatur

---

[4] Übersetzt von Alexander Eliasberg.

Gottes. Der Star kann auch beispielsweise singen ... Warum singt er aber? Um den Schöpfer zu preisen. Alles, was Odem hat, lobt den Herrn. Ach nein, sie haben sich doch beim Dompfarrer hingesetzt!«

Drei alte Wallfahrerinnen mit Säcken auf dem Buckel und in Bastschuhen gingen lautlos an den Sprechenden vorbei. Sie blickten Potscheschichin und Optimow, die aus einem unbegreiflichen Grunde das Haus des Dompfarrers betrachteten, fragend an, verlangsamten die Schritte, blieben nach einer Weile gleichfalls stehen, sahen sich noch einmal nach den beiden Freunden um und begannen gleichfalls das Haus des Dompfarrers anzustarren.

»Ja, Sie haben recht, sie haben sich tatsächlich beim Dompfarrer niedergelassen,« fuhr Optimow fort. »Bei ihm sind eben die Kirschen reif geworden, sie wollen sich wohl an die Kirschen machen.«

Aus dem Dompfarrhaus trat nun der Dompfarrer Wosmistischijew in eigener Person in Begleitung des Küsters Jewstingej auf die Straße. Als er sah, dass man sein Haus so aufmerksam betrachtete, und da er nicht verstehen konnte, was die Leute so anzog, blieb auch er stehen und begann mit dem Küster gleichfalls zum Himmel hinaufzublicken, um die Ursache zu ergründen.

»Vater Pajissij geht wohl zu einer heiligen Amtshandlung,« sagte Potscheschichin. »Gott stehe ihm bei!«

Zwischen den Freunden und dem Herrn Dompfarrer gingen die Arbeiter von der Purowschen Fabrik vorbei, die soeben im Flusse gebadet hatten. Als sie den Vater Pajissij, der angestrengt zum Himmel hinaufblickte, und die Wallfahrerinnen, die unbeweglich dastanden und gleichfalls hinaufstarrten, sahen, blieben auch sie stehen und blickten in die gleiche Richtung. Dasselbe taten ein Junge, der einen blinden Bettler führte, und ein Bauer, der ein Fässchen verdorbener Heringe schleppte, um sie auf dem Marktplatze abzuladen.

»Es ist wohl etwas los,« sagte Potscheschichin. »Vielleicht eine Feuersbrunst? Nein, es ist kein Rauch zu sehen ... He, Kusjma!«, schrie er dem Bauern zu, der stehen geblieben war. »Was ist denn los?«

Der Bauer antwortete etwas, aber Potscheschichin und Optimow hörten es nicht. In allen Ladentüren zeigten sich die verschlafenen Kommis. Die Maurer, die das Mehllager des Kaufmanns Fertikulin tünchten, ließen ihre Leitern stehen und gesellten sich zu den Fabrikarbeitern. Der Feuerwehrmann, der auf dem Wachtturme barfuß im Kreise herumging, blieb stehen, sah eine Weile bin und stieg hinunter. Der Wachtturm war auf einmal verwaist. Dies erschien verdächtig.

»Brennt es nicht irgendwo? Stoßen Sie doch nicht so, Sie Schweinekerl!«

»Wo sehen Sie eine Feuersbrunst? Was für eine Feuersbrunst? Meine Herrschaften, gehen Sie auseinander! Ich bitte höflichst!«

»Es brennt wohl innen!«

»Er bittet höflichst und fährt dabei einem mit den Händen ins Gesicht. Fuchteln Sie nicht mit den Händen! Sie sind zwar die Obrigkeit, haben aber doch kein Recht, so mit den Händen herumzufuchteln!«

»Aufs Hühnerauge ist er mir getreten! Der Teufel soll dich überfahren!«

»Wen hat man überfahren? Kinder, da hat man einen Menschen überfahren!«

»Warum dieser Auflauf? Zu welchem Zweck?«

»Einen Menschen hat man überfahren, Euer Wohlgeboren!«

»Wo? Geht auseinander! Meine Herrschaften, ich bitte höflichst darum! Ich bitte dich höflichst, du Klotz!«

»Die Bauern kannst du herumstoßen, aber bessere Leute darfst du nicht anrühren! Untersteh' dich nicht!«

»Sind es Menschen? Kann man denn diesen Teufeln mit guten Worten beikommen? Sidorow, ruf mal den Akim Danilytsch her! Schnell! Meine Herrschaften, Sie werden's ja bereuen!

Wenn Akim Danilytsch kommt, werden Sie was erleben! Bist du auch dabei, Parken? Du blinder, heiliger Greis! Er sieht nichts, muss aber doch dabei sein, wo sich die Leute drängen, und gehorcht auch nicht! Smirnow, schreib mal den Parfen auf!«

»Zu Befehl! Soll ich auch die Purowschen Leute aufschreiben? Dieser da, mit der geschwollenen Backe, ist einer von den Purowschen!«

»Die Purowschen brauchst du einstweilen nicht aufzuschreiben ... Purow hat morgen Namenstag!«

Die Stare erhoben sich als dunkle Wolke über dem Garten des Herrn Dompfarrers, aber Potscheschichin und Optimow sahen nicht mehr hin; sie standen da, starrten in die Höhe und suchten zu begreifen, warum sich so viele Menschen angesammelt hatten und warum sie hinaufschauten. Da erschien, an einem Bissen kauend und sich die Lippen abwischend, Akim Danilytsch. Er drang mitten in die Menge hinein und brüllte:

»Feuerwehrleute, macht euch bereit! Auseinandergehen! Herr Optimow, gehen Sie auseinander, sonst geht es Ihnen schlecht! Statt in Zeitungen Kritiken über anständige Leute zu schreiben, sollten Sie sich lieber selbst angemessener aufführen. Von den Zeitungen lernt man nichts Gutes!«

»Ich bitte Sie, die öffentliche Meinung nicht anzutasten!«, fuhr Optimow auf. »Ich bin Literat und kann es nicht dulden, dass man die öffentliche Meinung antastet, obwohl ich Sie auch aus bürgerlichem Pflichtgefühl als einen Vater und Wohltäter verehre!«

»Feuerwehr! Los!«

»Es ist kein Wasser da, Euer Wohlgeboren!«

»Keine Widerrede! Fahrt zum Fluss und holt Wasser! Schnell!«

»Wir können nicht hinfahren, Euer Wohlgeboren. Der Major ist mit den Feuerwehrpferden weggefahren, um seine Tante abzuholen.«

»Auseinandergehen! Zurück, hol' dich der Teufel! ... Das sitzt?! Schreib ihn mal auf, diesen Satan!«

»Ich hab den Bleistift verloren, Euer Wohlgeboren!«

Die Menge wuchs immer an ... Gott weiß, zu welchen Dimensionen sie noch angewachsen wäre, wenn es dem Gastwirt Grjeschkin nicht eingefallen wäre, in diesem Augenblick das aus Moskau verschriebene neue Orchestrion zu probieren. Als die Leute das »Schützenlied« hörten, stöhnten sie vor Entzücken auf und stürzten zum Gasthaus. So erfuhr kein Mensch, warum sich die Menge angesammelt hatte, und auch Optimow und Potscheschichin hatten schon die Stare, die wahren Schuldigen, ganz vergessen. Nach einer Stunde war die Stadt schon wieder still und unbeweglich, und man sah nur einen einzigen Menschen: den Feuerwehrmann, der auf dem Wachtturme herumging.

Am Abend des gleichen Tages saß Akim Danilytsch im Kolonialwarengeschäft Fertikulins, trank Brauselimonade mit Kognak und schrieb: »Dem offiziellen Bericht erlaube ich mir meinerseits einen Nachtrag beizufügen. Euer Hochwohlgeboren, Vater und Wohltäter! Nur dank den Gebeten Ihrer tugendhaften Frau Gemahlin, die sich in der wohlduftenden Sommerfrische in der Nähe unserer Stadt aufhält, ist es nicht zum Äußersten gekommen! Was ich an diesem einen Tag ausstehen musste, kann ich gar nicht schildern. Für die administrative Tüchtigkeit Kruschenskijs und des Feuerwehrmajors Portupejew finde ich keine gebührende Bezeichnung. Ich bin stolz auf diese würdigen Diener des Vaterlandes! Ich aber tat alles, was ein schwacher Mensch, der seinen Nächsten nur Gutes will, überhaupt zu tun vermag. Und während ich jetzt am eignen Herd sitze, danke ich unter Tränen dem, der uns vor einem Blutvergießen bewahrt hat. Die Schuldigen sitzen wegen mangelnder Beweise einstweilen hinter Schloss und Riegel, doch ich habe die Absicht, sie nach etwa acht Tagen herauszulassen. Nur aus Unwissenheit haben sie das Gebot übertreten!«

Der Rächer seiner Ehre [5]

Fjodor Fjodorowitsch Sigajew stand, kurz nachdem er seine Frau auf frischer Tat erwischt hatte, in der Waffenhandlung Schmucks & Co. und suchte nach einem passenden Revolver. Sein Gesicht drückte Zorn, Schmerz und unwankbare Entschlossenheit aus.

– Ich weiß wohl, was ich zu tun habe ... – dachte er sich: – Das Familienprinzip ist beschimpft, die Ehre ist in den Schmutz getreten, das Laster triumphiert, und darum muss ich als Bürger und anständiger Mensch das Amt eines Rächers übernehmen. Zuerst töte ich sie und ihren Geliebten, dann mich und ...

Er hatte zwar noch keinen Revolver gewählt und niemand getötet, doch seine Fantasie zeigte ihm schon drei blutende Leichen, zersprengte Schädel, herausquellende Gehirne, den Skandal, die Menge müßiger Zuschauer und die Obduktion ... Mit der Schadenfreude eines Gekränkten stellte er sich das Entsetzen der Verwandtschaft und des Publikums vor, den Todeskampf der Ehebrecherin und las bereits in der Fantasie die Zeitungsartikel über die Zersetzung der Familienprinzipien.

Der Verkäufer, ein bewegliches Männchen mit einem dicken Bäuchlein und einer weißen Weste – er sah wie ein Franzose aus – legte ihm einen Revolver nach dem anderen vor und sprach, respektvoll lächelnd und immerzu Kratzfüße machend:

»Ich möchte Ihnen raten, mein Herr, diesen wunderschönen Revolver zu nehmen. System Smith & Wesson. Das letzte Wort der Feuerwaffentechnik. Mit dreifacher Wirkung, hat einen Patronenauswerfer, schießt sechshundert Schritte weit, Zentralfeuersystem. Beachten Sie nur, mein Herr, die wunderbare Arbeit. Es ist das allerneuste System, mein Herr ... Wir verkaufen täglich an die zehn Stück als Mittel gegen Räuber, Wölfe und Ehebrecher. Die Wirkung ist zuverlässig und äußerst stark, er schießt auf die größte Distanz und durchbohrt zugleich die

---

[5] Übersetzt von Alexander Eliasberg.

Frau und ihren Geliebten. Und was den Selbstmord betrifft, so weiß ich überhaupt kein besseres System, mein Herr ...«

Der Verkäufer spannte und entspannte die Hähne, hauchte die Läufe an, zielte und tat so, als ginge ihm vor Entzücken der Atem aus. Wenn man sein begeistertes Gesicht ansah, konnte man glauben, dass er sich selbst gern eine Kugel in die Stirn jagen würde, wenn er nur einen Revolver von einem so herrlichen System wie Smith & Wesson besäße.

»Und wie ist der Preis?«, fragte Sigajew.

»Fünfundvierzig Rubel, mein Herr.«

»Hm! ... Das ist mir zu teuer!«

»In diesem Falle will ich Ihnen ein anderes System vorlegen, mein Herr, das etwas billiger ist. Wollen Sie nur sehen! Wir haben eine riesengroße Auswahl in allen Preislagen ... Zum Beispiel dieser Revolver, System Lefaucheur, kostet bloß achtzehn Rubel, aber ... (der Verkäufer verzog verächtlich das Gesicht) ... aber, mein Herr, dieses System ist schon veraltet. Es wird nur noch von geistigen Proletariern und hysterischen Frauen gekauft. Sich selbst oder seine Frau aus einem Lefaucheur-Revolver zu erschießen, gilt jetzt als geschmacklos. Der gute Ton anerkennt nur das System Smith & Wesson.«

»Ich will weder Selbstmord begehen, noch jemand erschießen,« log Sigajew düster. »Ich kaufe es nur für die Sommerfrische, um die Diebe zu verscheuchen ...«

»Uns interessiert es gar nicht, wozu Sie ihn kaufen,« sagte der Verkäufer mit bescheiden gesenkten Augen. »Wenn wir in jedem Falle den Gründen nachgehen wollten, so müssten wir wohl unseren Laden schließen. Zum Verscheuchen der Diebe taugt aber der Lefaucheur gar nicht, denn er gibt nur einen leisen, dumpfen Knall; zu diesem Zweck würde ich Ihnen die gewöhnliche Mortimer-Pistole empfehlen, eine sogenannte Duell-Pistole ...«

– Soll ich ihn nicht zum Duell fordern? – ging es Sigajew durch den Kopf. – Das wäre aber zu viel Ehre! Solche Halunken erschießt man einfach wie die Hunde ... –

Der Verkäufer legte vor ihm, immer graziös tänzelnd, lächelnd und plaudernd, einen ganzen Haufen von Revolvern hin. Am appetitlichsten und solidesten sah der von Smith & Wesson aus. Sigajew nahm einen Revolver dieses Systems in die Hand, starrte ihn stumpfsinnig an und versank in Gedanken. Seine Fantasie malte ihm aus, wie er die Schädeldecken sprengt, wie das Blut in Strömen über den Teppich und das Parkett fließt, wie die Ehebrecherin im Sterben mit einem Fuße zuckt ... Dies alles war aber für seine empörte Seele noch zu wenig. Die blutigen Bilder, die Schreie und das Entsetzen genügten ihm noch nicht ... Er musste noch etwas Schrecklicheres erfinden.

– Ich mache es so: ich töte ihn und mich, – sagte er sich. – Sie lasse ich aber am Leben. Soll sie nur an Gewissensbissen und an der Verachtung ihrer Umgebung zugrunde gehen. Für ein so nervöses Geschöpf wie sie ist das qualvoller als der Tod ... –

Und er stellte sich seine eigene Beerdigung vor: Er, der gekränkte Gatte, liegt im Sarg mit einem sanften Lächeln auf den Lippen, und sie folgt, blass, von Gewissensbissen gepeinigt, wie Niobe dem Sarge und weiß nicht, wie sich vor den vernichtenden, verächtlichen Blicken zu verbergen, die ihr die empörte Menge zuwirft ...

»Ich sehe, mein Herr, dass Ihnen Smith & Wesson am besten gefällt,« unterbrach der Verkäufer seine Träume. »Wenn er Ihnen zu teuer vorkommt, so will ich gerne fünf Rubel nachlassen ... Wir haben übrigens auch andere Systeme, die etwas billiger sind.«

Das Männchen mit der französischen Figur wandte sich graziös um und holte von den Regalen noch ein weiteres Dutzend Futterale mit Revolvern.

»Hier haben Sie etwas für dreißig Rubel, mein Herr. Das ist wirklich nicht teuer, um so mehr als der Rubelkurs gefallen ist, während die Einfuhrzölle von Tag zu Tag steigen. Mein Herr, ich schwöre Ihnen, ich bin zwar konservativ gesinnt, aber auch ich fange schon zu murren an! Ich bitte Sie: Der Kurs und die Einfuhrzölle haben es bewirkt, dass nur reiche Leute Waffen kaufen können! Den Armen bleiben nur die in Tula hergestellten Waffen und Phosphorzündhölzer übrig; die Tulaer Waffen sind aber ein wahres Unglück! Man schießt aus so einem Revolver auf seine Frau und trifft sich selbst ins Schulterblatt ...«

Sigajew tat es plötzlich furchtbar leid, dass er, wenn er tot ist, die Qualen der Treulosen nicht zu sehen bekommt. Die Rache ist doch nur dann süß, wenn man die Möglichkeit hat, ihre Früchte zu sehen und zu betasten; was hat man aber davon, wenn man im Sarge liegt und nichts empfindet?

– Vielleicht soll ich es so machen, – überlegte er sich. – Ich töte ihn, gehe zur Beerdigung, sehe alles und erschieße mich hernach ... Übrigens wird man mich noch vor der Beerdigung verhaften und mir die Waffe wegnehmen ... Also: ich töte ihn, sie bleibt am Leben, und ich ... ich bringe mich zunächst nicht um, sondern lasse mich verhaften. Mich umzubringen, habe ich noch immer Zeit. Die Verhaftung hat das Gute, dass ich bei der Voruntersuchung die Möglichkeit haben werde, vor den Behörden und dem Publikum die ganze Gemeinheit ihres Benehmens aufzudecken. Wenn ich mich umbringe, so ist sie imstande, mit der ihr eigenen Verlogenheit und Frechheit, die ganze Schuld auf mich abzuwälzen, und die Öffentlichkeit wird ihr recht geben und vielleicht auch meiner spotten; wenn ich aber am Leben bleibe, so ... –.

Nach einer Minute dachte er:

– Ja, wenn ich mich töte, so wird man mich vielleicht eines kleinlichen Gefühls verdächtigen ... Außerdem, warum soll ich mich überhaupt töten? Das ist erstens. Und zweitens: Selbstmord ist Feigheit. Also: ich töte ihn, lasse sie am Leben und komme selbst vors Gericht. Bei der Verhandlung wird sie als Zeugin vernommen werden ... Ich kann mir so lebhaft ihre Schande, ihre Verlegenheit vorstellen, wenn mein Verteidiger an sie seine Fragen richtet! Die Sympathien des Gerichts, des Publikums und der Presse werden selbstverständlich auf meiner Seite sein ... So überlegte er sich, während der Verkäufer ihm immer neue Ware zeigte und sich bemühte, den Kunden zu unterhalten:

»Hier sind englische Revolver des neuesten Systems, wir haben sie erst vor Kurzem erhalten,« schwatzte er. »Aber ich muss Ihnen sagen, mein Herr, dass alle diese Systeme vor dem Smith & Wesson verblassen. Dieser Tage, – Sie haben es wohl schon gelesen, – kaufte ein Offizier bei uns einen Revolver von Smith & Wesson. Er schoss auf den Geliebten seiner Frau, und, was glauben Sie? – die Kugel ging durch und durch, durchschlug eine Bronzelampe, dann ein Klavier, prallte ab, tötete ein Schoßhündchen und verwundete die Frau. Dieser glänzende Effekt macht unserer Firma alle Ehre. Der Offizier wurde verhaftet ... Er wird natürlich zu Zwangsarbeit in Sibirien verurteilt werden! Erstens, haben wir eine veraltete Gesetzgebung; und zweitens, mein Herr, ist das Gericht immer auf Seite des Ehebrechers. Warum? Es ist sehr einfach, mein Herr! Die Richter, die Geschworenen, der Staatsanwalt und der Verteidiger, alle haben Verhältnisse mit fremden Frauen und fühlen sich sicherer, wenn es in Russland einen Gatten weniger gibt. Unserer Gesellschaft wäre es am angenehmsten, wenn die Regierung alle Ehemänner auf die Insel Sachalin verbannen wollte. Oh, mein Herr, Sie wissen gar nicht, wie tief mich die heutige Sittenverderbnis empört! Mit einer fremden Frau ein Verhältnis zu haben, ist jetzt ebenso normal, fremde Zigaretten zu rauchen oder fremde Bücher zu lesen. Unser Geschäft geht von Jahr zu Jahr schlechter, – das bedeutet nicht, dass es weniger Ehebrecher gibt, sondern nur dass die Männer sich mit diesem Zustand abgefunden haben und das Zuchthaus fürchten.«

Der Verkäufer sah sich um und flüsterte:

»Und wer hat die Schuld, mein Herr? Die Regierung!«

– Wegen eines solchen Schweines nach Sachalin zu kommen, wäre unvernünftig, – überlegte sich Sigajew. – Wenn ich ins Zuchthaus komme, so kann meine Frau zum zweiten Mal heiraten und auch ihren zweiten Mann betrügen. Sie wird triumphieren ... Also: Sie lasse ich am Leben, mich bringe ich nicht um, und ihn ... bringe ich auch nicht um. Ich muss etwas Vernünftigeres und Gefühlvolleres erfinden. Ich werde sie beide mit Verachtung strafen und einen aufsehenerregenden Ehescheidungsprozess anstrengen. –

»Hier, mein Herr, ist noch ein neues System,« sagte der Verkäufer, ein neues Dutzend Revolver vom Regal herunterholend. »Belieben Sie nur den originellen Mechanismus des Schlosses zu beachten ...«

Sigajew brauchte nach seinem neuen Entschluss keinen Revolver mehr, der Verkäufer geriet aber immer mehr in Begeisterung, zeigte ihm immer neue Systeme. Der in seiner Ehre gekränkte Gatte schämte sich schon, dass der Verkäufer sich seinetwegen so sehr abmühte, sich begeisterte, lächelte und unnütz seine Zeit verlor ...

»Schön, in diesem Falle ...« stammelte er, »komme ich später vorbei, oder ... oder ich schicke jemand her.«

Er sah den Gesichtsausdruck des Verkäufers nicht, doch er fühlte sich verpflichtet, um die peinliche Situation zu vertuschen, irgendetwas zu kaufen. Was sollte er aber kaufen? Er sah sich im Laden nach einem möglichst billigen Gegenstand um und heftete schließlich seinen Blick auf ein grünes Netz, das neben der Türe hing.

»Dieses da ... was ist es eigentlich?«, fragte er.

»Das ist ein Netz für Wachtelfang.«

»Was kostet es?«

»Acht Rubel, mein Herr.

»Gut, packen Sie es mir ein ...«

Der gekränkte Gatte bezahlte die acht Rubel, nahm das Netz und verließ, noch tiefer gekränkt, den Laden.

Ein Glücklicher [6]

Der Personenzug hat eben die Station »Bologoje« der Nikolajewer Eisenbahn verlassen. In einem der Raucherabteile II. Klasse duseln, in die Dämmerung gehüllt, fünf Passagiere. Sie haben soeben gegessen und bemühen sich nun, auf ihren Sitzen kauernd, einzuschlafen. Es ist still.

Die Türe geht auf, und in den Wagen tritt ein baumlanger Mensch in braunrotem Hut und elegantem Mantel; er erinnert lebhaft an einen Zeitungskorrespondenten aus einer Operette oder aus einem Roman von Jules Verne.

Der Mensch bleibt mitten im Wagen stehen, holt Atem und mustert aufmerksam die Bänke.

»Nein, es ist nicht der richtige!«, murmelt er. »Weiß der Teufel! Es ist einfach empörend! Es ist noch immer nicht der richtige Wagen!«

Einer der Reisenden studiert lange den Neuankömmling und ruft plötzlich erfreut aus:

»Iwan Alexejewitsch! Wie kommen Sie her? Sind Sie es?«

Der baumlange Iwan Alexejewitsch fährt zusammen und blickt stumpfsinnig den Reisenden an. Als er ihn erkannt hat, schlägt er vor Freude die Hände zusammen.

»Ach, Pjotr Petrowitsch!«, sagt er. »So lange haben wir uns nicht gesehen! Ich wusste gar nicht, dass Sie mit dem gleichen Zuge fahren.«

»Geht es gut?«

»Nicht schlecht. Ich habe aber eben mein Abteil verloren und kann es unmöglich finden, so ein Idiot bin ich! Es ist niemand da, der mich dafür durchprügeln könnte!«

Der baumlange Iwan Alexejewitsch wankt hin und her und kichert.

---

[6] Übersetzt von Alexander Eliasberg.

»Was man nicht alles erlebt!«, fährt er fort. »Ich ging nach dem zweiten Glockenzeichen hinaus, um einen Kognak zu nehmen. Ich trank auch einen, und dachte mir: Da die nächste Station nicht so bald kommt, so will ich noch ein zweites Glas nehmen. Während ich es mir überlegte und trank, läutete es zum dritten Mal ... ich laufe wie ein Verrückter aus dem Büfett und springe in den ersten besten Wagen. Bin ich nun kein Idiot, kein Trottel?«

»Sie sind aber in einer sichtbar lustigen Stimmung,« sagt Pjotr Petrowitsch, »setzen Sie sich nur her! Sie bekommen einen Platz und den gebührenden Respekt!«

»Nein, nein, ich gehe meinen Wagen suchen! Leben Sie wohl!«

»Im Finstern werden Sie unterwegs aus dem Zuge stürzen. Setzen Sie sich nur her; aus der nächsten Station werden Sie Ihren Wagen suchen. Setzen Sie sich!«

Iwan Alexejewitsch seufzt und setzt sich unentschlossen neben Pjotr Petrowitsch. Er ist sichtbar erregt und sitzt wie auf Nadeln.

»Wo fahren Sie hin?«, fragt Pjotr Petrowitsch.

»Ich? In den Weltenraum! In meinem Kopfe ist solch ein Wirrwarr, dass ich selbst nicht weiß, wohin ich fahre. Das Schicksal fährt mich irgendwohin, und ich lasse mich fahren. Ha-ha ... Lieber Freund, haben Sie schon mal einen glücklichen Narren gesehen? Nein? Also schauen Sie mich an. Vor Ihnen sitzt der Glücklichste der Sterblichen! Jawohl! Sehen Sie denn nichts in meinem Gesicht?«

»Das heißt, man sieht Ihnen an, dass Sie ... ein wenig ...«

»Ich mache ein furchtbar dummes Gesicht! Schade, dass ich keinen Spiegel zur Hand habe, ich würde mir so gern meine Fratze anschauen! Ich fühle, mein Lieber, dass ich ein Idiot geworden bin. Mein Ehrenwort! Ha-ha! Ich befinde mich, denken Sie sich nur, auf der Hochzeitsreise. Bin ich kein Trottel?«

»Sie? Haben Sie denn geheiratet?«

»Heute, mein Lieber! Und bin gleich nach der Trauung in diesen Zug gestiegen.«

Es folgen Glückwünsche und die üblichen Fragen.

»So, so ...« lacht Pjotr Petrowitsch. »Darum sind Sie auch auf einmal so elegant!«

»Jawohl! ... Um die Illusion zu vervollständigen, habe ich mich sogar mit Parfüm besprengt. Stecke bis zu den Ohren in so leichtsinnigen Dingen! Habe weder Sorgen, noch Gedanken, sondern nur ein Gefühl von ... weiß der Teufel, wie ich es nennen soll ... von Glückseligkeit ... Seit ich lebe, habe ich mich noch nie so wohl gefühlt!«

Iwan Alexejewitsch schließt die Augen und schüttelt den Kopf.

»Ich bin in einer ganz empörenden Weise glücklich!«, sagt er. »Urteilen Sie doch selbst. Gleich gehe ich mein Abteil suchen. Dort sitzt ein Geschöpf, das Ihnen, sozusagen, mit seinem ganzen Wesen ergeben ist. So ein Blondinchen mit einem Näschen ... mit Fingerchen ... Mein Herzchen! Mein Engel! Mein Schätzchen! So eine Reblaus meiner Seele! Und erst das Füßchen! Mein Gott! So ein Füßchen ist doch etwas ganz anderes als unsere Männerfüße; es ist etwas Winziges, Bezauberndes ... Allegorisches! Ich wäre imstande, so ein Füßchen einfach aufzufressen! Ach, Sie verstehen doch nichts davon! Sie sind Materialist und kommen gleich mit Ihrer Analyse und ähnlichem Kram! Ein trockener Junggeselle sind Sie und sonst nichts! Wenn Sie mal heiraten, werden Sie meiner Worte gedenken! Wo mag jetzt Iwan Alexejewitsch sein? – werden Sie dann sagen. Ja, gleich gehe ich in mein Abteil. Dort erwartet man mich mit Ungeduld ... man genießt mein Erscheinen schon im Voraus. Ein Lächeln empfängt mich. Ich setze mich zu ihr und nehme sie so mit zwei Fingern am Kinn ...«

Iwan Alexejewitsch schüttelt den Kopf und bricht in ein glückliches Lachen aus.

»Dann legt man ihr seinen Kopf auf die Schulter und nimmt sie mit der Hand um die Taille. Im Abteil ist es still ... wissen Sie, so ein geheimnisvolles Halbdunkel. Die ganze Welt möchte man in einem solchen Augenblick umarmen! Pjotr Petrowitsch gestalten Sie mir, dass ich Sie umarme!«

»Ich bitte sehr!«

Die beiden Freunde fallen sich beim lauten Lachen der Mitreisenden in die Arme, und der glückliche Neuvermählte fährt fort.

»Und aus lauter Idiotie oder, wie es in den Romanen heißt, zur Vervollständigung der Illusion, geht man ab und zu ins Büfett und stürzt zwei, drei Gläschen herunter. Dann hat man im Kopfe und in der Brust ein Gefühl, wie man es in keinem Märchen findet. Ich bin ein kleiner, unbedeutender Mensch, und doch es ist mir zumute, als hätte ich gar keine Grenzen ... Die ganze Welt schließe ich in die Arme!«

Dieser angeheiterte glückliche Neuvermählte steckt die übrigen Fahrgäste mit seiner Freude an, und sie wollen nicht mehr schlafen. Statt des einen Zuhörers hat Iwan Alexejewitsch ihrer fünf. Er springt wie auf Nadeln, schäumt, fuchtelt mit den Händen und schwatzt unaufhörlich. Er lacht, und alle lachen mit.

»Das Wichtigste, meine Herren, ist, möglichst wenig zu denken! Zum Teufel all die Analysen ... Wenn man trinken will, so soll man trinken, und nicht philosophieren, ob es nützlich oder schädlich ist ... Zum Teufel alle Philosophie und Psychologie!«

Durch den Wagen kommt der Schaffner.

»Lieber Freund,« wendet sich an ihn der Neuvermählte, »wenn Sie durch den Wagen Nr. 209 kommen, so sehen Sie dort eine Dame in grauem Hut mit einem weißen Vogel. Sagen Sie ihr, dass ich hier bin!«

»Schön. Aber in diesem Zuge gibt es gar keinen Wagen Nr. 209. Es gibt nur einen Nr. 219!«

»Meinetwegen Nr. 219! Ganz gleich! Also sagen Sie der Dame, dass ihr Gatte wohlbehalten hier sitzt!«

Iwan Alexejewitsch greift sich plötzlich an den Kopf und stöhnt:

»Gatte ... Dame ... Ist es lange her? Gatte ... Ha-ha ... Prügeln muss man dich, und du bist ein Gatte! Ach du Idiot! Und erst sie! Gestern war sie noch ein Mädchen, so eine kleine Krabbe ... Ich kann's einfach nicht glauben!«

»Heutzutage kommt es einem sogar seltsam vor, einen glücklichen Menschen zu sehen,« sagt einer der Fahrgäste. »Viel eher bekommt man einen weißen Elefanten zu Gesicht.«

»Ja, und wer ist schuld?«, sagt Iwan Alexejewitsch, indem er seine langen Füße in den sehr spitzen Schuhen ausstreckt. »Wenn Sie nicht glücklich sind, so ist es Ihre eigene Schuld! Jawohl, was glauben Sie denn? Der Mensch ist der Schöpfer seines eigenen Glücks. Wenn Sie nur wollen, so werden auch Sie glücklich sein, aber Sie wollen es gar nicht. Sie gehen dem Glücke einfach aus dem Wege!«

»So?! Auf welche Weise?«

»Sehr einfach! ... Die Natur hat einmal festgesetzt, dass der Mensch in einer gewissen Periode seines Lebens die Liebe kennenlernen soll. Wenn diese Periode einmal angebrochen ist, so soll man drauflosᴌᴌᴌ lieben; Sie aber wollen nicht der Natur folgen und warten immer auf etwas. Ferner ... Das Gesetz verlangt, dass jedes normale Individuum in die Ehe trete ... Ohne Ehe gibt es kein Glück. Wenn der günstige Augenblick gekommen ist, so soll man heiraten und keine langen Geschichten machen ... Sie aber heiraten nicht und warten immer auf etwas! Ferner steht es in der Heiligen Schrift, dass der Wein das Menschenherz erfreut ... Wenn man es gut hat und will, dass man es noch besser habe, so gehe man ans Büfett und trinke. Die Hauptsache ist – nicht klügeln, sondern nach der Schablone draufloshauen! Die Schablone ist eine große Sache!«

»Sie sagen, der Mensch sei der Schöpfer seines Glücks. Was ist er aber für ein Schöpfer, wenn ein kranker Zahn oder eine Schwiegermutter genügt, um sein Glück zum Teufel zu jagen? Alles hängt vom Zufall ab. Wären Sie jetzt in eine Eisenbahnkatastrophe geraten, so hätten Sie was ganz anderes gesagt ...«

»Unsinn!«, protestiert der Neuvermählte. »Katastrophen kommen nur einmal im Jahre vor. Ich fürchte keine Zufälle, weil es keinen Grund gibt, dass diese Zufälle sich ereignen. Zufälle sind selten! Hol sie der Teufel! Ich will von ihnen gar nicht reden! Ich glaube, gleich kommt eine Haltestelle.«

»Wohin fahren Sie eigentlich?«, fragt Pjotr Petrowiisch. »Nach Moskau oder noch südlicher?«

»Was fällt Ihnen ein! Wieso südlicher, wenn ich nach dem Norden fahre?«

»Moskau liegt doch nicht im Norden.«

»Ich weiß es, aber wir fahren doch nach Petersburg!«, sagt Iwan Alexejewitsch.

»Aber erlauben Sie! Wir fahren nach Moskau!«

»Wieso, nach Moskau?«, versetzt der Neuvermählte erstaunt.

»Merkwürdig ... Wohin lautet Ihre Fahrkarte?«

»Nach Petersburg.«

»In diesem Falle muss ich gratulieren. Sie sind in einen falschen Zug geraten.«

Eine halbe Minute vergeht im Schweigen. Der Neuvermählte steht auf und mustert mit blöden Blicken die ganze Gesellschaft.

»Gewiss,« erklärt ihm Pjotr Petrowitsch. »Sie sind in Bologoje in einen falschen Zug gesprungen ... Nach Ihrem Kognak haben Sie die Richtung verwechselt.«

Iwan Alexejewitsch erbleicht, greift sich an den Kopf und fängt an, schnell hin und herzulaufen.

»Ach, ich Idiot!«, schimpft er. »Ach, ich gemeiner Kerl, dass mich die Teufel fressen! Was fange ich jetzt an? Meine Frau sitzt ja im andern Zug! Sie wartet, vergeht vor Sehnsucht! Ach, ich Narr!«

Der Neuvermählte lässt sich auf eine Bank fallen und windet sich, als wäre man ihm auf ein Hühnerauge getreten.

»Ich Unglücksmensch!«, stöhnt er. »Was fang ich jetzt an? Was?«

»Nun,« trösten ihn die Mitreisenden. »Es ist doch kein Unglück ... Sie telegrafieren Ihrer Frau und versuchen unterwegs in den Schnellzug umzusteigen. So holen Sie sie ein.

»Ja, Schnellzug!«, jammert der Neuvermählte, der Schöpfer seines Glücks. »Wo nehme ich das Geld für den Schnellzug her? Das ganze Geld ist ja bei meiner Frau!«

Die Mitreisenden lachen, tuscheln miteinander, veranstalten dann eine Kollekte und versehen den Glücklichen mit Geld.

Der teure Hund [7]

Leutnant Dubow, ein nicht mehr junger Armee-Offizier, und der Einjährige Knaps saßen einmal beisammen und tranken.

»Ein prachtvoller Hund!«, sagte Dubow, auf seinen Hund Milka zeigend. »Ein wun–der–bar–rer Hund! Schauen Sie nur seine Schnauze an! Was die Schnauze allein wert ist! Wenn man auf einen Liebhaber stößt, so wird er für diese Schnauze allein zweihundert Rubel bezahlen! Sie glauben es mir nicht? Dann verstehen Sie nichts ...«

»Ich verstehe wohl, aber ...«

»Es ist doch ein Setter, ein reinrassiger englischer Setter! Auf dem Anstand ist er fabelhaft, und erst die Nase! Mein Gott, diese Nase! Wissen Sie, wie viel ich für den Hund bezahlt habe, als er noch klein war? Hundert Rubel! Ein wunderbarer Hund! Du Schelm, Milka! Du Dummkopf, Milka! Komm mal her, komm her ... mein liebes Hündchen ...«

Dubow zog Milka zu sich heran und küsste das Tier zwischen den Ohren. Tränen traten ihm in die Augen.

»Ich gebe dich doch nicht her ... du schöner Hund ... du Räuber. Du liebst mich doch, Milka? Milka? ... Marsch, fort!«, schrie der Leutnant plötzlich den Hund an. »Mit den schmutzigen Pfoten kommst du mir an die Uniform! Ja, Knaps, hundertfünfzig Rubel habe ich für den Hund bezahlt, als er jung war. Also ist er was wert! Eines tut mir nur leid: Ich habe gar keine Zeit für die Jagd! Der Hund geht ohne Arbeit zugrunde, er vergräbt seinen Schatz ... Darum verkaufe ich ihn auch. Kaufen Sie ihn mir ab, Knaps! Sie werden mir Ihr Leben lang dankbar sein! Nun, wenn Sie nicht so viel Geld haben, will ich ihn Ihnen für den halben Preis lassen ... Nehmen Sie ihn für fünfzig! Berauben Sie mich nur!«

---

[7] Übersetzt von Alexander Eliasberg.

»Nein, mein Lieber ...« entgegnete Knaps und seufzte auf. »Wäre Ihre Milka männlichen Geschlechts, so würde ich ihn vielleicht kaufen, so aber ...«

»Milka ist nicht männlichen Geschlechts?«, rief der Leutnant erstaunt aus. »Knaps, was fällt Ihnen ein? Milka ist nicht männlichen Geschlechts?! Haha! Ist es vielleicht eine Hündin? Haha! Ein netter Knabe! Er versteht noch nicht, einen Rüden von einer Hündin zu unterscheiden!«

»Sie sprechen zu mir, als ob ich blind oder ein Kind wäre,« versetzte Knaps beleidigt. »Natürlich ist sie eine Hündin!«

Dann werden Sie vielleicht auch sagen, dass ich eine Dame bin! Ach, Knaps, Knaps! Und Sie haben noch die Technische Hochschule absolviert! Nein, mein Lieber, es ist ein echter, reinrassiger Rüde! Noch mehr als das: Er kann jedem Rüden zehn Points vorgeben. Und Sie sagen, er sei eine Hündin! Haha ...«

»Entschuldigen Sie, Michail Iwanowitsch, Sie halten mich einfach zum Narren ... Es ist sogar kränkend ...«

»Nun, lassen wir das, hol' Sie der Teufel! ... Kaufen Sie ihn nicht ... Ihnen kann man das gar nicht klar machen! Bald werden Sie sagen, dies da sei kein Schwanz, sondern ein Bein ... Also nicht. Ich wollte Ihnen doch nur einen Gefallen tun. Wachramejew, Kognak!«

Der Bursche brachte eine neue Flasche. Die Freunde schenkten sich je ein Gläschen ein und wurden nachdenklich. Eine halbe Stunde verging in Schweigen.

»Und wenn's auch eine Hündin ist ...« unterbrach der Leutnant das Schweigen mit einem düsteren Blick auf die Flasche. »Sie sind wirklich sonderbar! Das wäre doch nur Ihr Vorteil. Sie wirft Junge, und jeder junge Hund ist gleich einen Fünfundzwanziger wert ... Ein jeder nimmt sie Ihnen gern ab. Ich weiß nicht, warum Ihnen gerade die Rüden so sehr gefallen! Die Hündinnen sind tausendmal besser. Das weibliche Geschlecht ist dankbarer und anhänglicher ... Nun, wenn Sie schon das weibliche Geschlecht so fürchten, gebe ich sie Ihnen für Fünfundzwanzig her.«

»Nein, mein Lieber ... Ich gebe keine Kopeke für den Hund. Erstens brauche ich keinen, und zweitens habe ich kein Geld.«

»Das hätten Sie früher sagen sollen. Milka, marsch, hinaus!«

Der Bursche brachte eine Eierspeise. Die beiden Freunde leerten schweigend die Pfanne.

»Sie sind ein guter Junge, Knaps, so ehrlich ...« sagte der Leutnant, indem er sich den Mund abwischte. »Es tut mir leid, Sie so gehen zu lassen, hol' der Teufel ... Wissen Sie was? Nehmen Sie den Hund geschenkt!«

»Wo soll ich ihn halten, mein Lieber?«, sagte Knaps seufzend. »Und wer wird sich bei mir mit ihm abgeben?«

»Also nicht, also nicht ... hol' Sie der Teufel! Wenn Sie nicht wollen, dann nicht ... Wo wollen Sie denn schon hin? Bleiben Sie doch noch da!«

Knaps reckte sich, stand auf und griff nach seiner Mütze. »Es ist Zeit. Leben Sie wohl ...« sagte er gähnend.

»Warten Sie, ich will Sie begleiten.«

Dubow und Knaps zogen sich an und traten auf die Straße. Die ersten hundert Schritte gingen sie schweigend.

»Wissen Sie niemand, dem ich den Hund schenken könnte?«, fing der Leutnant an. »Haben Sie nicht einen Bekannten, der ihn nehmen würde? Der Hund ist, wie Sie eben sahen, gut und rasserein, aber ... ich brauche ihn absolut nicht!«

»Ich weiß wirklich nicht, mein Lieber ... Was habe ich hier auch für Bekannte?«

Bis zur Wohnung Knaps versetzten die Freunde kein Wort mehr. Erst als Knaps dem Leutnant die Hand gedrückt und das Haustor geöffnet hatte, hüstelte Dubow und sagte unentschlossen:

»Wissen Sie nicht, ob die hiesigen Abdecker Hunde nehmen?«

»Wahrscheinlich nehmen sie welche ... Bestimmt kann ich es Ihnen nicht sagen.«

»Morgen schicke ich ihn mit dem Wachramejew hin ... Hol' ihn der Teufel, soll man ihn nur schinden ... Ein abscheulicher Köter! Er macht nur alle Zimmer schmutzig und hat gestern auch noch das ganze Fleisch in der Küche gefressen, das gemeine Vieh ... Wenn es wenigstens eine gescheite Rasse wäre, aber es ist, weiß der Teufel, eine Kreuzung zwischen einem Hofhund und einem Schwein. Gute Nacht!«

»Leben Sie wohl!«, sagte Knaps.

Das Tor fiel ins Schloss, und der Leutnant blieb allein.

Der Dramatiker [8]

Das Sprechzimmer eines Arztes betritt ein trübes Individuum mit matten Augen und katarrhalischem Gesicht. Nach der Färbung seiner Nase und dem finsteren Gesichtsausdruck zu schließen, sind ihm alkoholische Getränke, chronischer Schnupfen und philosophische Meditationen nichts Fremdes.

Das Individuum nimmt Platz und klagt über Atemnot, Sodbrennen, Melancholie und schlechten Geschmack im Munde.

»Was ist Ihr Beruf?«, fragt der Arzt.

»Ich bin Dramatiker!«, erklärt das Individuum nicht ohne Stolz.

Der Arzt fühlt sofort Hochachtung vor dem Patienten und lächelt ehrfurchtsvoll.

»Ein so seltener Beruf ...« stammelt er. »Eine Menge nervenaufreibender Gehirnarbeit!«

»Das will ich glauben!«

»Es gibt so wenig Dichter ... Ihr Leben kann ja wirklich nicht dem Leben gewöhnlicher Menschen gleichen ... daher möchte ich Sie bitten, mir Ihre Lebensweise zu beschreiben, Ihre Gewohnheiten, Umgebung und Arbeitsweise ...«

»Sehr gerne ...« erwiderte der Dramatiker. »Ich stehe auf gegen Mittag, manchmal auch früher ... Wenn ich aufgestanden bin, rauche ich sofort eine Zigarette und trinke zwei Glas Schnaps, zuweilen auch drei ... Manchmal sind es auch vier: Es hängt davon ab, wie viel ich am Vorabend getrunken habe ... So ... Und wenn ich nicht trinke, dann flimmert es mir vor den Augen, und der Kopf beginnt zu brummen.«

Sie trinken wohl überhaupt ziemlich viel?«

»Nein, wieso? Dass ich auf nüchternen Magen trinke, hängt wohl mit meinen Nerven zusammen ... Wenn ich angekleidet bin, gehe ich ins Restaurant Livorno oder zu Sawrassenkow und frühstücke ... Ich habe schlechten Appetit... Zum Früh-

---

[8] Übersetzt von Alexander Eliasberg.

stück nehme ich nur eine Kleinigkeit ... ein Kotelett oder eine halbe Portion Stör mit Meerrettich ... Wenn ich auch drei oder vier Glas Schnaps zuvor nehme, bekomme ich noch immer keinen Appetit ... Nach dem Frühstück trinke ich Bier oder Wein, je nach meinen Finanzen ...«

»Und dann?«

Dann gehe ich in irgendeine Bierhalle und aus der Bierhalle wieder ins Livorno, wo ich Billard spiele ... So vergeht die Zeit bis etwa sechs Uhr, dann esse ich zu Mittag ... Ich esse schlecht ... Es ist kaum zu glauben; manchmal trinke ich vor dem Essen sechs und selbst sieben Glas Schnaps und habe immer noch keinen Appetit! Wie beneide ich die anderen Leute: alle essen Suppe, mir wird aber vor Suppe ganz übel, und ich trinke statt dessen Bier ... Nach dem Mittagessen gehe ich ins Theater ...«

»Hm ... Das Theater regt Sie wohl sehr auf?«

»Entsetzlich! Ich bin ununterbrochen in großer Aufregung, und dann kommen noch die Freunde und bitten: Trinken wir noch eins! Mit dem einen trinke ich Schnaps, mit dem anderen Rotwein, mit dem dritten Bier, und so kommt es, dass ich beim dritten Akt kaum auf den Beinen stehe ... Mit den Nerven ist es wirklich nicht auszuhalten ... Nach dem Theater fahre ich in den ›Salon‹ oder auf einen Maskenball ... Aus dem Salon oder vom Maskenball kommt man, Sie werden es selbst wissen, nicht so schnell heim ... Es ist noch ein Glück, wenn ich am nächsten Morgen in meiner Wohnung aufwache ... Es kommt auch vor, dass ich wochenlang nicht zu Hause schlafe ...«

»Hm ... Sie beobachten wohl das Leben um sich herum?«

»Ja, das auch ... Einmal waren meine Nerven so sehr zerrüttet, dass ich ganze vier Wochen überhaupt nicht nach Hause kam und sogar meine Adresse vergessen hatte ... Ich musste mich nach der Adresse auf der Polizei erkundigen ... Und so geht es beinahe täglich!«

»Nun, wann schreiben Sie aber Ihre Stücke?«

»Meine Stücke? Wie soll ich es Ihnen sagen?«, erwiderte der Dramatiker achselzuckend. »Alles hängt von den Umständen ab ...«

Wollen Sie mir, bitte, den Prozess Ihres Schaffens beschreiben ...«

»Nun, es fällt mir zufällig irgendein deutsches oder französisches Stück in die Hände ... Meistens machen mich aber die Freunde darauf aufmerksam, denn selbst habe ich keine Zeit, alles zu verfolgen. Wenn das Stück einigermaßen taugt, bringe ich es zu meiner Schwester oder kaufe mir für fünf Rubel einen Studenten ... Diese übersetzen es, und ich richte es den russischen Sitten entsprechend ein: Ersetze die ausländischen Namen durch russische und so weiter ... Das ist alles ... Es ist aber schwer! Außerordentlich schwer!«

Das trübe Individuum rollt die Augen und seufzt. Der Arzt beginnt es zu betasten, zu behorchen und zu beklopfen ...

Der Gast [9]

Der Winkeladvokat Selterskij konnte seine Augen nur noch mit Mühe offen halten. Die ganze Natur schlief bereits. Die Vöglein schwiegen im Walde. Selterskijs Frau war schon längst zu Bett gegangen, das Dienstmädchen und die übrigen lebenden Wesen im Hause schliefen bereits; Selterskij durfte aber noch immer nicht ins Schlafzimmer gehen, obwohl an seinen Augenlidern eine zentnerschwere Last hing. Bei ihm saß nämlich sein Nachbar, der Oberst a. D. Peregarin, zu Gast. Er war gleich nach dem Mittagessen gekommen und saß noch immer wie angeklebt auf dem Sofa. Er berichtete mit widerwärtiger, heiserer Stimme, wie ihn im Jahre 1842 zu Krementschug ein toller Hund gebissen hatte. Als er mit dem Bericht fertig war, begann er ihn von vorn. Selterskij war verzweifelt. Was unternahm er nicht alles, um den Gast loszuwerden! Er sah jeden Augenblick auf die Uhr, klagte über Kopfschmerzen, ging alle fünf Minuten aus dem Zimmer und ließ den Gast allein, – doch nichts half. Der Gast verstand die Anspielungen nicht und fuhr in seinem Bericht über den tollen Hund fort. – Dieser alte Kauz wird noch bis zum Morgen dasitzen! – dachte Selterskij wütend. – So ein Klotz! Nun, wenn er die feinen Andeutungen nicht versteht, so will ich größeres Geschütz ins Feld führen. –

»Wissen Sie,« sagte er laut, »warum mir das Leben in der Sommerfrische so besonders gut gefällt?« – »Na, warum?« – »Weil man hier sein Leben beliebig regulieren kann. In der Stadt ist es schwer, sich an eine bestimmte Ordnung zu halten, während es auf dem Lande sehr einfach ist. Wir stehen um neun auf, essen um drei zu Mittag, um zehn zu Abend und gehen gegen elf zu Bett. Um zwölf bin ich immer im Bett. Wenn ich mich nach zwölf hinlege, habe ich am nächsten Morgen todsicher Migräne!«

---

[9] Übersetzt von Alexander Eliasberg.

»Sonderbar ... Es kommt übrigens ganz auf die Gewohnheit an. Ich hatte einmal einen Bekannten, einen gewissen Hauptmann Kjuschkin. Ich lernte ihn in Serpuchow kennen. Dieser Kjuschkin also ...«

Und der Oberst begann stotternd, schmatzend und gestikulierend von diesem Kjuschkin zu erzählen. Es schlug zwölf – die Uhr ging auf halb eins, er erzählte aber noch immer. Selterskij trat kalter Schweiß auf die Stirn.

– Er will es nicht verstehen! Er ist einfach dumm! Glaubt dieser Esel vielleicht, dass mir sein Besuch Vergnügen bereitet? Wie werde ich ihn los? – »Sagen Sie mal,« unterbrach er den Oberst, »was soll ich tun? Ich habe heftige Halsschmerzen! So ein Pech! Ich besuchte heute einen Bekannten, dessen Kind die Diphtheritis hat. Wahrscheinlich habe ich mich angesteckt. Ja, ich weiß es ganz bestimmt. Ich habe die Diphtheritis!«

»Es kommt vor!«, sagte Peregarin mit größter Seelenruhe.

»Diese Krankheit ist höchst gefährlich! Nicht nur, dass ich selbst krank bin, ich kann auch jeden in meiner Umgebung anstecken. Diese Krankheit ist in höchstem Maße ansteckend! Dass ich nur Sie nicht anstecke, Herr Oberst!«

»Mich? Ich habe bereits in Typhusspitälern gelebt, habe mich nie angesteckt; und bei Ihnen soll ich mich plötzlich anstecken? So ein alter Kauz wie ich ist gegen jede Krankheit gefeit. Greise sind zäh. Wir hatten in unserer Brigade einen alten Oberst Trèsbien ... französischer Abstammung. Dieser Trèsbien also ...«

Peregarin erzählte nun von der Zähigkeit dieses Trèsbien. Die Uhr schlug halb eins.

»Verzeihen Sie, wenn ich Sie unterbreche, Herr Oberst. Wie spät pflegen Sie zu Bett zu gehen?«

»So gegen zwei oder drei. Es kommt aber vor, dass ich überhaupt nicht schlafen gehe, besonders wenn ich in angenehmer Gesellschaft sitze oder rheumatische Schmerzen habe. Heute werde ich z. B. erst gegen vier zu Bett gehen, denn ich habe nachmittags ausgeschlafen. Ich bin übrigens imstande, auch gar nicht zu schlafen. Im Kriege kam es vor, dass wir uns wochenlang nicht legten. Ich will Ihnen z. B. folgenden Fall berichten. Unser Regiment stand vor Achalzych ...«

»Entschuldigen Sie. Was mich betrifft, so gehe ich regelmäßig um zwölf zu Bett. Ich muss immer um neun aufstehen, sodass ich unbedingt früher schlafen gehen muss.«

»Natürlich. Das Frühaufstehen soll ja auch für die Gesundheit höchst zuträglich sein. Wir standen also vor Achalzych ...«

»Ich weiß gar nicht, was mit mir los ist. Bald fröstelt es mich, bald vergehe ich vor Hitze. Das habe ich immer vor dem Anfall. Ich muss Ihnen sagen, dass ich manchmal merkwürdige Nervenanfälle habe. So gegen ein Uhr nachts ... untertags habe ich diese Anfälle nie ... Es summt mir in den Ohren, ich verliere das Bewusstsein, springe auf und werfe jedem, der zufällig in meiner Nähe ist, irgendeinen schweren Gegenstand, der mir gerade in die Hand kommt, an den Kopf. Finde ich ein Messer, so werfe ich eben das Messer; ist es ein Stuhl, so werfe ich den Stuhl. Jetzt fröstelt es mich, wie es jedes Mal vor dem Anfall kommt. Es beginnt immer mit Schüttelfrost.« –

»Was Sie nicht sagen! ... Sie sollten doch eine Kur durchmachen!«

»Ich habe mich von verschiedenen Ärzten behandeln lassen, doch immer ohne Erfolg ... Ich beschränke mich jetzt darauf, dass ich vor den Anfällen meine Familienmitglieder warne, damit sie mir rechtzeitig aus dem Wege gehen. Sonst tue ich nichts dagegen ...«

»Wie sonderbar ... Was es nicht alles für Krankheiten auf der Welt gibt! Pest, Cholera, verschiedene Anfälle ...«

Der Oberst schüttelte den Kopf und wurde nachdenklich. Eine Pause trat ein. – Ich will ihm einmal etwas aus meinen Werken vorlesen, sagte sich Selterskij. Ich habe ja in der Schublade noch den Roman liegen, den ich auf dem Gymnasium geschrieben habe ... Vielleicht wird er mir jetzt einen Dienst erweisen ... –

»Wissen Sie was?«, unterbrach Selterskij die Gedanken seines Gastes. »Wollen Sie vielleicht, dass ich Ihnen eines meiner Werke vorlese? Ich habe es in meinen freien Stunden geschrieben ...

Es ist ein Roman in fünf Teilen, mit einem Prolog und einem Epilog ...« Ohne erst die Antwort abzuwarten, sprang Selterskij auf und holte aus der Schublade ein altes, vergilbtes Manuskript mit dem Titel »Totes Wasser. Roman in fünf Teilen.« – Jetzt geht er sicher fort, dachte Selterskij, sein Jugendwerk durchblätternd. Ich werde ihm so lange vorlesen, bis er aufheult ... »Hören Sie also zu, Herr Oberst!«

»Mit Vergnügen ... Ich höre sehr gern zu ...«

Selterskij begann. Der Oberst kreuzte die Beine, setzte sich bequemer zurecht, machte ein ernstes Gesicht und bereitete sich offenbar vor, lange und gewissenhaft zuzuhören ... Der Roman begann mit einer Naturschilderung. Als die Uhr eins schlug, trat an die Stelle der Naturschilderungen die Beschreibung des Schlosses, in dem der Held des Romans, Graf Valentin, wohnte. – »Wie schön muss es doch sein, in so einem Schloss zu wohnen!«, seufzte Peregarin auf. »Und wie schön ist es geschildert! Ich könnte mein ganzes Leben dasitzen und zuhören!« –

– Warte nur, – dachte sich Selterskij. – Auf die Dauer hältst du es doch nicht aus! – Um halb zwei trat anstelle des Schlosses das schöne Äußere des Helden. Um zwei Uhr las Selterskij mit matter gedämpfter Stimme:

»Sie fragen mich, was ich will? O, ich will, dass dort unter der Kuppel des südlichen Himmels ihr kleines Händchen schmachtend in meiner Hand beben soll ... Nur dort kann mein Herz unter der Kuppel meines seelischen Domes lebhafter schlagen ... Ich strebe nach Liebe, nach Liebe! ...

– Ich kann nicht mehr, Herr Oberst ... meine Kraft ist zu Ende!«

»Lassen Sie es jetzt! Morgen werden Sie es zu Ende lesen. Jetzt wollen wir etwas plaudern ... Ich habe Ihnen noch immer nicht erzählt, was wir vor Achalzych erlebt hatten ...« – Selterskij fiel erschöpft auf das Sofa, schloss die Augen und begann zuzuhören ...

– Alle Mittel habe ich versucht, – dachte er. – Was er für ein dickes Fell hat! Jetzt wird er bis vier Uhr sitzen... Gott, ich gäbe gern hundert Rubel, wenn er endlich fortginge ... Ah! Ich will einmal versuchen, ihn anzupumpen! Es ist ein erprobtes Mittel ...

»Herr Oberst!«, unterbrach er den Gast. »Ich muss Sie wieder unterbrechen. Ich will Sie um eine Gefälligkeit bitten ... Ich habe in der letzten Zeit hier auf dem Lande ziemlich viel Geld ausgegeben. Ich habe keinen Pfennig im Hause und erwarte erst Ende August Geld.«

»Es ist so spät geworden ...« schnaufte Peregarin, sich nach seiner Mütze umsehend. »Es ist bald drei ... Was haben Sie eben gesagt?«

»Ich möchte mir irgendwo zwei- oder dreihundert Rubel leihen. Wissen Sie nicht, wer mir das Geld pumpen könnte?«

»Wieso sollte ich es wissen? Es ist für Sie Zeit, zu Bett zu gehen! ... Leben Sie wohl! ... Haben Sie vielen Dank für Ihre Gastfreundschaft ... Empfehlung an die Frau Gemahlin! ...«

Der Oberst ergriff mit komischer Eilfertigkeit seine Mütze und ging zur Tür.

»Wo wollen Sie denn hin?«, triumphierte Selterskij. »Ich wollte Sie bitten ... Denn ich kenne Ihre Güte ... Ich hoffte ...«

»Morgen. Jetzt wollen Sie schleunigst zu Bett gehen! Die Frau Gemahlin wird im höchsten Maße ungehalten sein, dass ich Sie solange wachgehalten habe. Es wäre ja noch schöner, wenn ich nur noch eine Minute zögerte. Ich bitte Sie dringend, lieber Freund, keine Widerrede ... Leben Sie wohl! Marsch ins Bett!«

Peregarin drückte Selterskij mit sauersüßem Lächeln rasch die Hand, setzte sich die Mütze auf und ging. Selterskij triumphierte.

Der Kater [10]

Warwara Petrowna erwachte und begann zu horchen. Ihr Gesicht wurde blass, ihre großen schwarzen Augen wurden noch größer und drückten höchstes Entsetzen aus: Denn es war kein Traum .... Von Grauen erfasst, bedeckte sie ihr Gesicht mit den Händen, setzte sich im Bett aufrecht und begann, ihren Mann zu wecken. Der Mann lag zusammengerollt wie eine Brezel, schnarchte leise und pustete ihr seinen Atem ins Gesicht.

»Aljoscha, Schatz ... Wach auf! Mein Lieber! Ach ... es ist zu schrecklich!«

Aljoscha stellte sein Schnarchen ein und streckte die Beine. Warwara Petrowna kniff ihn in die Wange. Er streckte sich wieder, seufzte tief auf und erwachte.

»Aljoscha, Schatz .... Wach auf! Jemand weint ...«

»Wer weint? Was fällt dir ein?«

»Horche nur ein wenig. Hörst du es? Jemand seufzt ...«

Man hat wohl bei uns ein kleines Kind ausgesetzt ... Ich kann es nicht mehr anhören!«

Aljoscha richtete sich auf und horchte hinaus. Das Fenster stand offen, eine graue Nacht blickte hinein. Zugleich mit dem Dufte der Fliederbüsche und dem Flüstern der Linden brachte der leise Wind seltsame Laute ins Zimmer ... Man konnte nicht recht unterscheiden, was es für Laute waren: Kinderweinen oder der Gesang eines Bettlers oder ein Heulen ... Eines war nur klar: Die Laute klangen unmittelbar vor dem Fenster und kamen nicht aus *einer* Kehle, sondern aus mehreren ... Es waren darunter Altstimmen, Diskantstimmen und Tenöre ... »Es sind ja Katzen, Warja!«, sagte Aljoscha. »Du dummes Kind!«

»Katzen? Unmöglich! Woher dann die Bässe?«

---

[10] Übersetzt von Alexander Eliasberg.

»Die Bassstimme gehört einem Schwein. Vergiss nicht, dass wir auf dem Lande sind. Hörst du? Gewiss sind es Katzen ... Beruhige dich und schlafe wieder ein.«

Warja und Aljoscha legten sich wieder hin und zogen sich die Bettdecken über die Köpfe. Kühle Morgenluft zog durchs Fenster, und sie fröstelten. Sie rollten sich zusammen und schlossen die Augen. Nach fünf Minuten wurde Aljoscha unruhig und warf sich hin und her.

»Sie lassen einen gar nicht einschlafen, dass sie der Teufel ...!«

Der Katzengesang stieg inzwischen *crescendo*. Zu den Sängern gesellten sich neue Katzen mit neuen Kräften; das leise Geräusch unter dem Fenster verwandelte sich allmählich in einen unerträglichen Lärm. Das zarteste Piano erreichte die Stärke eines Fortissimo, und bald füllte sich die ganze Luft mit empörenden Lauten. Die einen Kater gaben kurze abgerissene Schreie von sich, die anderen trillerten wie nach Noten mit Achtel- und Sechzehntel-Tönen; andere zogen immer den gleichen gedehnten Ton ... Ein Kater, wohl der älteste und leidenschaftlichste von allen, sang mit einer ganz unnatürlichen Stimme, die bald wie Bass und bald wie Tenor klang:

»Mal ... mal ... Tu ... tu ... tu ... Karriau ...«

Wären nicht die bekannten zischenden Laute dazwischen gewesen, so hätte man gar nicht glauben können, dass es Katzengesang war ... Warja drehte sich auf die andere Seite und brummte etwas vor sich hin, Aljoscha sprang auf, sandte ein kräftiges Schimpfwort ins Freie und schloss das Fenster. Ein Fenster ist aber eine höchst unvollkommene Sache: Es ist für Schall, Licht und Elektrizität durchlässig.

»Ich muss um acht Uhr aufstehen und in den Dienst,« sagte Aljoscha empört, »sie schreien aber so, dass man gar nicht einschlafen kann! Diese Satans! Schweige du wenigstens! Du winselst mir die Ohren voll! Was kann ich denn dafür? Die Kater gehören doch nicht mir!«

»Jag' sie doch weg, Schatz!«

Der Mann ließ wieder ein kräftiges Schimpfwort los, sprang vom Bett und ging ans Fenster ... Die Morgendämmerung brach bereits an.

Aljoscha sah zunächst auf den Himmel und entdeckte nur einen matt flimmernden Stern ... Im Laube der Linde regten sich die Spatzen, die das beim Öffnen des Fensters entstandene Geräusch aufscheuchte. Aljoscha sah hinunter und erblickte etwa zehn Kater. Mit hocherhobenen Schwänzen gingen sie zischend mit gekrümmten Rücken, Dromedaren gleich, um ein reizendes Kätzchen herum, das auf einem umgestülpten Eimer saß, und sangen. Es war schwer zu entscheiden, was sie mehr bewegte: die Liebe zum Kätzchen oder das Bewusstsein der eigenen Würde? Hatte sie die Liebe hergeführt, oder die Absicht, ihre Würde zur Schau zu stellen? In ihren Beziehungen zueinander konnte man den verfeinerten Hass erkennen. Jenseits des Gartengitters stand ein Mutterschwein mit Ferkeln und grunzte, denn es wollte in den Garten.

»Fort!«, zischte Aljoscha. »Pssst! Ihr Satans! ... Fort! ...«

Die Kater schenkten aber dem keine Beachtung. Nur das Kätzchen warf ihm einen kurzen gleichgültigen Blick zu. Es war zu glücklich, um sich irgendwie für Aljoscha zu interessieren ...

»Pssst! ... Dass euch der Teufel! Warja reich' einmal die Wasserflasche her! Ich will ihnen eine Dusche machen!«

Warja sprang aus dem Bett und reichte ihm nicht die Wasserflasche, sondern den Wasserkrug vom Waschtisch. Aljoscha beugte sich vor und neigte den Krug ...

»Ach meine lieben Freunde!«, sagte plötzlich eine Stimme über seinem Kopf. »Nein, diese Jugend! Darf man denn so etwas tun? Ach! Diese Jugend!« Aljoscha sah hinauf und erblickte eine Gestalt in einem Schlafrock aus groß geblümtem Kattun. Auf den Schultern dieser Gestalt saß ein kleiner Kopf mit einer Nachtmütze auf den ergrauten Haaren; ein trockener sehniger Finger drohte ... Der Greis saß am Fenster und sah unverwandt auf die Kater. Seine Augen leuchteten in höchster Verzückung, als ob er ein Ballett vor sich hätte. Aljoscha riss den Mund auf, erbleichte und lächelte ...

»Exzellenz geruhen zu schlafen?«, fragte er ganz dumm.

»Es ist nicht schön, mein Herr; Sie kämpfen gegen die Naturgesetze! Sie untergraben sozusagen die Gesetze der Schöpfung! Es ist nicht schön! Was geht das Sie an? Es sind doch lebende Wesen? Oder, wie glauben Sie? Doch lebende Wesen? Man soll es würdigen! Ich muss Ihnen meine Missbilligung aussprechen, mein Herr!«

Aljoscha erbleichte, schlich sich auf den Zehen zum Bett und legte sich leise hin. »Es ist mein Vorgesetzter ...« flüsterte Aljoscha. »In eigener Person ... Er schläft nicht. Er delektiert sich an den Katern. Der Satan! Es ist schrecklich, unter seinem Vorgesetzten zu wohnen!«

»Junger Freund!«, hörte Aljoscha nach einigen Minuten wieder die Greisenstimme. »Wo sind Sie? Treten Sie doch ans Fenster!« Aljoscha ging zum Fenster und blickte zum Alten hinauf.

»Sehen Sie diesen weißen Kater? Wie finden Sie ihn? Er gehört mir! Seine Manieren, nein, diese Manieren! Dieser Gang! ... Sehen Sie doch nur hin! Miau, miau ... Waßjka, du Schelm! Was für einen Schnurrbart er hat! Der Kerl ist von echter sibirischer Rasse! Das Kätzchen ... das Kätzchen wird wohl nicht widerstehen können! Mein Kater war immer der Sieger! Sie werden sich gleich davon überzeugen! Nein, diese Manieren!«

Aljoscha sagte, dass er das Fell des Katers hervorragend schön finde. Er habe in seinem Leben kein so auserlesenes Exemplar von einem Katertier gesehen. Der Greis begann ihm nun die Gewohnheiten seines Katers zu beschreiben; er kam in Schwung und erzählte bis zum Sonnenaufgang. Er erzählte mit Begeisterung, wobei er fortwährend schmatzte und seine sehnigen Finger beleckte ... So konnte Aljoscha in dieser Nacht gar nicht einschlafen!

Auch in der nächsten Nacht gegen ein Uhr begannen die Kater wieder ihren Gesang und weckten Warja. Aljoscha wagte nicht mehr, sie zu vertreiben. Denn unter ihnen befand sich der Kater

Seiner Exzellenz. Aljoscha und Warja mussten bis zum frühen Morgen das Katzenkonzert anhören.

Ein Unikum [11]

Ein Uhr nachts. Vor der Türe der alten Jungfer und Hebamme Marja Petrowna Koschkina bleibt ein schlanker Herr im steifen Hut und Mantel mit Kapuze stehen. Im Dunkeln kann man weder sein Gesicht noch seine Hände unterscheiden, doch seine Art zu hüsteln und zu klingeln zeugen schon von einem soliden, positiven und Respekt einflößenden Charakter. Die Tür geht nach dem dritten Läuten auf, und Marja Petrowna selbst kommt zum Vorschein. Sie hat einen weißen Unterrock an und darüber einen Herrenmantel. Die kleine Lampe mit dem grünen Schirm, die sie in der Hand hält, färbt ihr verschlafenes, sommersprossiges Gesicht, den sehnigen Hals und die dünnen rötlichen Haare, die unter der Haube hervorgucken, grün.

»Kann ich die Hebamme sprechen?«, fragt der Herr.

»Ich bin die Hebamme. Was wünschen Sie?«

Der Herr tritt in den Flur und Marja Petrowna sieht einen groß gewachsenen, schlanken, nicht mehr jungen Mann mit hübschem, strengem Gesicht und buschigem Backenbart vor sich.

»Ich bin der Kollegien-Assessor Kirjakow,« sagt er. »Ich komme, um Sie zu meiner Frau zu bitten. Aber bitte möglichst schnell.«

»Schön ...« sagt die Hebamme. »Ich ziehe mich sofort an, wollen Sie inzwischen im Salon warten?«

Kirjakow legt seinen Mantel ab und tritt in den Salon. Das grüne Lämpchen beleuchtet spärlich die in geflickten weißen Leinwandhüllen steckenden billigen Möbel, die armseligen Blumentöpfe und die efeuumrankten Türpfosten ... Es riecht nach Geranien und Karbol. Eine kleine Wanduhr tickt so leise, als geniere sie sich vor dem fremden Mann.

---

[11] Übersetzt von Alexander Eliasberg.

»Ich bin fertig!«, sagt Marja Petrowna, als sie nach fünf Minuten fertig angekleidet, gewaschen und munter in den Salon tritt. »Wir wollen fahren!«

»Ja, wir müssen uns beeilen ...« sagt Kirjakow. »Übrigens, eine Frage, die mir nicht überflüssig scheint: wie viel verlangen Sie für Ihre Mühe?«

»Ich weiß wirklich nicht ...« entgegnet Marja Petrowna mit einem verlegenen Lächeln. »Soviel Sie mir geben ...«

»Nein, das liebe ich nicht,« sagt Kirjakow kalt, die Hebamme starr anblickend. »Eine feste Abmachung ist besser als Bargeld. Ich will Sie nicht übervorteilen, und Sie sollen mich nicht übervorteilen. Zur Vermeidung von Missverständnissen wollen wir es lieber gleich abmachen.«

»Ich weiß wirklich nicht ... Wir haben keine bestimmten Preise.«

»Ich arbeite selbst und bin es gewöhnt, auch fremde Arbeit zu schätzen. Ich mag keine Ungerechtigkeit. Mir wird es ebenso unangenehm sein, wenn ich Ihnen zu wenig gebe, wie wenn Sie zu viel verlangen; darum bestehe ich darauf, dass Sie mir Ihren Preis nennen.«

»Die Preise sind verschieden!«

»Hm! ... Angesichts dieser mir unverständlichen Preisschwankungen muss ich selbst den Preis festsetzen. Ich kann Ihnen zwei Rubel geben.«

»Was fällt Ihnen ein!«, sagt Marja Pelrowna errötend und einen Schritt zurückweichend. »Ich müsste mich genieren ... Statt die zwei Rubel zu nehmen, mach' ich es lieber ganz umsonst. Wenn Sie wollen, fünf Rubel ...«

»Zwei Rubel und keine Kopeke mehr. Ich will Sie nicht übervorteilen, will aber auch nicht zu viel zahlen.«

Ganz wie Sie wünschen, aber für zwei Rubel komme ich nicht mit ...«

»Nach dem Gesetz dürfen Sie sich gar nicht weigern.«

»Gut, dann mache ich es umsonst.«

»Umsonst will ich nicht. Jede Arbeit muss bezahlt werden. Ich arbeite selbst und weiß es.«

»Für zwei Rubel komme ich nicht mit ...« erklärt Marja Petrowna sanft. »Aber wenn Sie wollen, umsonst ...«

»In diesem Falle tut es mir sehr leid, dass ich Sie belästigt habe ... Ich habe die Ehre.«

»Sie sind wirklich merkwürdig ...« sagt die Hebamme, Kirjakow ins Vorzimmer begleitend. »Wenn Sie wollen, mache ich es für drei Rubel.«

Kirjakow runzelt die Brauen und überlegt zwei Minuten lang, indem er gespannt zu Boden blickt. Dann sagt er sehr bestimmt: »Nein!« und tritt auf die Straße. Die Hebamme ist erstaunt und verlegen. Sie schließt hinter ihm die Tür und zieht sich in ihr Schlafzimmer zurück.

– Ein so hübscher, solider Mann, doch so merkwürdig! Soll er nur gehen, – denkt sie sich, während sie sich hinlegt.

Es vergeht aber keine halbe Stunde, als es wieder klingelt; sie steht auf und erblickt im Vorzimmer den gleichen Kirjakow.

»Eine furchtbare Misswirtschaft!«, sagt er. »Weder in der Apotheke noch von einem Schuhmann oder Hausknecht kann man die Adresse einer Hebamme erfragen. So bin ich gezwungen, auf Ihre Bedingungen einzugehen. Ich gebe Ihnen drei Rubel, muss Sie aber gleich darauf aufmerksam machen, dass ich, wenn ich einen Dienstboten dinge oder sonst fremde Dienste in Anspruch nehme, im Voraus ausmache, dass bei der Bezahlung keine Rede von Zulagen oder Trinkgeldern ist. Jeder soll das Seine bekommen.«

Marja Petrowna hat ihm gar nicht solange zugehört, aber sie fühlt schon, dass er ihr zum Halse herauswächst und dass seine eintönigen, abgemessenen Worte sich als schwere Last auf ihre Seele legen. Sie zieht sich an und tritt mit ihm auf die Straße. Die Luft ist unbeweglich, doch kalt, und es ist so nebelig, dass selbst die Straßenlaternen kaum zu sehen sind. Unter den Schritten spritzt der Straßenschmutz. Die Hebamme blickt nach allen Seiten, kann aber keine Droschke entdecken ...

»Es ist wohl nicht weit?«, fragt sie.

»Gar nicht weit,« antwortet Kirjakow düster.

Sie passieren eine Quergasse, eine zweite, eine dritte .... Kirjakow schreitet rüstig voraus, und selbst seine Gangart zeugt von einem soliden und positiven Charakter.

»Was für ein schreckliches Wetter!«, sagt die Hebamme, um ein Gespräch anzuknüpfen.

Er aber schweigt sehr solid und gibt sich sichtbare Mühe, nur auf die glatten Pflastersteine zu treten, um die Gummischuhe zu schonen. Endlich, nach einer gar nicht kurzen Strecke, tritt die Hebamme in ein Vorzimmer; durch die offene Türe sieht sie einen großen, höchst anständig möblierten Salon. In allen Zimmern, selbst im Schlafzimmer, wo die Gebärerin liegt, ist keine Seele ... Von Verwandten und alten Weibern, die sonst bei solchen Gelegenheiten in ganzen Scharen zusammenlaufen, ist keine einzige vorhanden. Bloß die Köchin mit dem stumpfsinnigen, erschrockenen Gesicht rennt wie verrückt hin und her. Man hört lautes Stöhnen.

Es sind drei Stunden vergangen. Marja Petrowna sitzt am Bette der Wöchnerin und tuschelt mit ihr. Die beiden Frauen haben schon Bekanntschaft geschlossen, über alles Mögliche gesprochen und gejammert ....

»Sie dürfen gar nicht sprechen!«, sagt die Hebamme besorgt, überschüttet sie aber mit Fragen.

Da geht die Tür auf, und Kirjakow selbst kommt leise und solid ins Schlafzimmer. Er setzt sich auf einen Stuhl und streichelt sich den Backenbart. Es tritt Schweigen ein ... Marja Petrowna blickt scheu auf sein hübsches, doch leidenschaftsloses, hölzernes Gesicht und wartet, dass er etwas sage. Er aber schweigt hartnäckig und scheint an etwas zu denken. Nun entschließt sich die Hebamme selbst, ein Gespräch zu beginnen, und sagt, was man in ähnlichen Fällen zu sagen pflegt:

»Nun gibt es, Gott sei Dank, einen Menschen auf der Welt mehr!«

»Ja, es ist erfreulich,« sagt Kirjakow mit dem gleichen hölzernen Gesichtsausdruck. »Obwohl man andererseits, um mehr Kinder zu haben, auch mehr Geld haben muss. Das Kind kommt weder gesättigt, noch bekleidet zur Welt.«

Das Gesicht der Wöchnerin nimmt einen schuldbewussten Ausdruck an, als hätte sie ohne Erlaubnis oder aus bloßer Laune ein lebendes Wesen in die Welt gesetzt. Kirjakow seufzt, erhebt sich von seinem Stuhl und verlässt mit soliden Schritten das Schlafzimmer.

»Was haben Sie doch für einen Mann ...« sagt die Hebamme zur Wöchnerin. »Er ist so streng und lächelt niemals ...«

Die Wöchnerin erzählt, er sei immer so ... Er ist ehrlich, gerecht, vernünftig, sparsam, doch alles in einem so ungewöhnlichen Maße, dass es den einfachen Sterblichen ganz schwül wird. Die Verwandten wollen bei ihm nicht mehr verkehren, die Dienstboten halten es nie länger als einen Monat aus, Bekannte haben sie nicht, und Frau und Kinder empfinden bei jedem Schritt eine unheimliche Angst. Er ist nie gewalttätig, er schreit nie, er hat viel mehr Vorzüge als Fehler, wenn er aber aus dem Hause geht, so fühlen sich alle gleich wohler und ungezwungener. Woher das kommt, kann die Wöchnerin gar nicht begreifen.

»Man muss diese Becken ordentlich reinigen und in die Kammer stellen,« sagt Kirjakow, wieder im Schlafzimmer erscheinend. »Auch diese Flaschen muss man verwahren: Man wird sie gebrauchen können.«

Was er sagt, ist einfach und gewöhnlich, doch die Hebamme empfindet eine namenlose Angst. Sie beginnt diesen Menschen zu fürchten und fährt zusammen, sooft sie seine Schritte hört. Am Morgen, vor dem Weggehen, sieht sie den Sohn Kirjakows, einen kurz geschorenen kleinen blassen Gymnasiasten, im Esszimmer Tee trinken ... Vor ihm steht Kirjakow und spricht mit seiner eintönigen, gleichmäßigen Stimme:

»Du verstehst zu essen, also musst du auch zu arbeiten verstehen. Du hast soeben einen Schluck Tee getrunken, hast dir aber dabei wohl nicht gedacht, dass dieser Schluck Geld kostet und dass das Geld durch Arbeit erworben wird. Iss und denke daran ...«

Die Hebamme sieht das stumpfsinnige Gesicht des Knaben, und es ist ihr, als fühle sich selbst die Luft bedrückt, als könnten die Wände die Anwesenheit dieses ungewöhnlichen Menschen nicht ertragen und müssten gleich einstürzen. Außer sich vor Angst, von einem Hass gegen diesen Menschen erfüllt, packt Maria Petrowna ihre Sachen zusammen und geht schnell weg.

Unterwegs erinnert sie sich, dass sie es vergessen hat, ihre drei Rubel zu verlangen. Sie bleibt eine Weile stehen, winkt dann mit der Hand und setzt ihren Weg fort.

Die Rache [12]

Lew Sawwitsch Turmanow, ein Durchschnittsbürger im Besitze eines kleinen Kapitals, einer jungen Frau und einer großen Glatze spielte einmal bei der Namenstagsfeier eines seiner Freunde Whist. Nach einem ordentlichen Verlust, der ihm den Schweiß in die Stirne trieb, erinnerte er sich plötzlich, dass er schon lange keinen Schnaps getrunken hatte. Er erhob sich von seinem Platz, bahnte sich auf den Fußspitzen, seinen Körper mit Würde balancierend, einen Weg zwischen den Spieltischen, passierte den Salon, wo die Jugend tanzte (hier lächelte er herablassend und klopfte einem jungen, schmächtigen Apotheker väterlich auf die Schulter) und schlüpfte in die kleine Türe, die zum Büfett führte. Auf einem runden Tischchen standen Weinflaschen und Karaffen mit Schnaps ... Neben ihnen lag unter anderen anregenden Speisen ein mit Schnittlauch und Petersilie garnierter, halb verzehrter Hering. Lew Sawwitsch schenkte sich ein Gläschen ein, bewegte die Finger, als sei er im Begriff, eine Rede zu schwingen, trank den Schnaps aus, machte ein gequältes Gesicht und stieß mit der Gabel in den Hering ... Plötzlich vernahm er hinter der Wand zwei Stimmen.

»Vielleicht, vielleicht ...« sprach schnell eine weibliche Stimme. »Doch wann?«

– Meine Frau! – sagte sich Lew Sawwitsch, die Stimme erkennend. – Mit wem mag sie wohl sein? –

»Wann du willst, meine Liebe ...« antwortete hinter der Wand eine tiefe, saftige Basstimme. »Heute geht es nicht gut und morgen bin ich den ganzen Tag beschäftigt.«

– Das ist doch Degtjarjow! – Turmanow erkannte die Stimme eines seiner Freunde. – Auch du, Brutus! Hat sie auch schon ihn in ihr Netz gelockt? Was für ein unersättliches, unruhiges Weib! Keinen Tag kann sie ohne einen Roman leben! –

---

[12] Übersetzt von Alexander Eliasberg.

»Ja, morgen bin ich beschäftigt,« fuhr die Bassstimme fort. »Wenn du willst, schreibe mir morgen ein paar Zeilen .... Ich werde froh und glücklich sein ... Wir müssen übrigens mehr Ordnung in unsere Korrespondenz bringen. Man muss irgendeinen Modus erfinden. Durch die Post geht es nicht gut. Wenn ich dir schreibe, so kann dein Truthahn meinen Brief dem Briefträger abnehmen; und wenn du mir schreibst, so wird meine bessere Hälfte deinen Brief abfangen und öffnen.«

»Was sollen wir machen?«

»Wir müssen irgendein Kunststück erfinden. Auch durch die Dienstboten kann man nichts schicken; dein Brummbär hält wohl das Dienstmädchen und den Diener sehr streng. Was treibt er jetzt, spielt er Karten?«

»Ja, immer verliert er, der Narr!«

»Also hat er Glück in der Liebe!«, rief Degtjarjow lachend. »Hör' mal, Schatz, was mir eben eingefallen ist .... Morgen um sechs Uhr abends, wenn ich aus dem Bureau heimgehe, komme ich durch den Stadtpark, wo ich den Inspektor sprechen muss. Also sei so gut, Schatz, und stecke noch vor sechs Uhr, keineswegs später, ein Briefchen in die Marmorvase, die links von der Weinlaube steht; du weißt doch, welche ich meine? ...«

»Ich weiß, ich weiß ...«

»Das wird poetisch und geheimnisvoll, und auch ganz neu sein ... weder dein Dicker noch meine bessere Hälfte werden davon etwas erfahren. Hast du mich verstanden?«

Lew Sawwitsch trank noch ein Glas und kehrte zum Kartentisch zurück. Die Entdeckung, die er eben gemacht hatte, vermochte ihn weder zu empören, noch niederzuschmettern. Die Zeit, wo er sich noch empörte, seiner Frau Szenen machte und sogar um sich schlug, war längst vorbei; er kümmerte sich nicht mehr um die Romane seiner Frau und drückte ein Auge zu. Und doch fühlte er sich jetzt recht ungemütlich. Solche Ausdrücke wie: Truthahn, Dicker, Brummbär usw. verletzten sein Ehrgefühl.

– Was ist doch dieser Degtjarjow für eine Kanaille!, dachte er sich, indem er die neuen Verluste aufschrieb. – Wenn er mir auf der Straße begegnet, stellt er sich als ein guter Freund, lächelt, klopft mich auf den Magen, und nun macht er solche Faxen! Er nennt mich einen Freund, hinter meinem Rücken aber einen Truthahn und einen Dicken ...

Je mehr seine Verluste anwuchsen, um so schwerer bedrückte ihn die Kränkung ...

– Dieser Milchbart ... – dachte er sich, indem er vor Wut die Kreide entzweibrach. – Dieser grüne Junge ... Ich habe keine Lust, mich mit ihm einzulassen, sonst würde ich ihm schon den Brummbären zeigen! –

Beim Abendessen konnte er das Gesicht Degtjarjows nicht gleichgültig anblicken, jener aber richtete an ihn wie zum Trotz fortwährend Fragen: ob er gewonnen habe? warum er so schlecht gelaunt sei? Er hatte sogar die Frechheit, als guter Bekannter, Turmanows Gattin laut den Vorwurf zu machen, dass sie sich so wenig um die Gesundheit ihres Mannes kümmere. Die Gattin blickte aber den Mann, als ob nichts passiert wäre, mit sanften Augen an, lachte so lustig und plauderte so unschuldig, dann auch der Teufel selbst sie nicht der Untreue verdächtigen würde.

Nach Hause zurückgekehrt, fühlte sich Lew Sawwitsch so erbost und unbefriedigt, als hätte er abends statt des Kalbsbratens einen alten Gummischuh gegessen. Vielleicht hätte er sich auch beherrschen und alles vergessen können, doch das Geschwätz und das Lächeln seiner Gattin brachten ihm jeden Augenblick den Truthahn und den Dicken in Erinnerung ...

– Ohrfeigen möchte ich den Kerl ... – dachte er sich. – Ihm öffentlich einen Skandal machen. –

Und er dachte sich, wie gut es wäre, Degtjarjow zu verprügeln, oder in einem Duell wie einen Spatz niederzuknallen ... ihn um seine Stelle zu bringen, oder in die Marmorvase etwas Unanständiges, Stinkendes zu tun, z. B. eine tote Ratte ... Es wäre auch nicht übel, den Brief seiner Frau aus der Vase zu stehlen und an seiner statt ein unanständiges Gedicht mit der Unterschrift »deine Akuljka« oder etwas Ähnliches zu legen.

Lange ging Turmanow im Schlafzimmer auf und ab und weidete sich an solchen Gedanken. Plötzlich blieb er stehen und versetzte sich einen Klaps auf die Stirn.

»Jetzt hab' ich es, bravo!«, rief er aus und erstrahlte vor Freude. »Das wird ausgezeichnet werden! Ausgezeichnet!«

Als seine Gattin eingeschlafen war, setzte er sich an den Tisch und schrieb nach langer Überlegung, die Handschrift verstellend und orthografische Fehler erfindend, Folgendes: »An den Kaufmann Dulinow. Sehr geehrter Herr! Wenn Sie nicht bis heute, den zwölften September, sechs Uhr abends, in die Marmorvase, die sich im Stadtpark links von der Weinlaube befindet, zweihundert Rubel hineinlegen, so werden Sie ermordet werden, und Ihr Galanteriewarengeschäft fliegt in die Luft.« Nachdem Lew Sawwitsch diesen Brief geschrieben, machte er vor Vergnügen einen Hopser.

»Fein erdacht, nicht wahr?«, murmelte er, sich die Hände reibend. »Wunderbar! Eine bessere Rache kann der Satan selbst nicht erfinden! Der Kaufmich wird natürlich Angst kriegen und die Polizei benachrichtigen. Die Polizei wird um sechs Uhr in den Büschen lauern und den Knaben, wenn er den Brief holen kommt, festnehmen! ... Der wird schöne Angst kriegen! Bis die Sache sich aufklärt, wird er, diese Kanaille, einige Zeit sitzen und manches ausstehen müssen ... Bravo!«

Lew Sawwitsch klebte auf den Brief eine Marke und trug ihn selbst zum Kasten. Er schlummerte mit einem seligen Lächeln auf den Lippen ein und schlief so süß, wie schon lange nicht. Als er am Morgen erwachte und sich seines Einfalls erinnerte, schnurrte er vergnügt wie ein Kater und tätschelte sogar die treulose Gattin am Kinn. Auf dem Wege ins Bureau und später, während der Arbeit, lächelte er fortwährend und malte sich den Schreck Degtjarjows aus, wenn er in die Falle geraten würde ...

Nach fünf hielt er es nicht länger aus und eilte in den Stadtpark, um das Missgeschick des Feindes mit eigenen Augen zu sehen.

– Aha! – sagte er sich, als er einem Schutzmann begegnete.

In der Nähe der Weinlaube versteckte er sich hinter einem Busch, richtete seinen gespannten Blick auf die Vase und begann zu warten. Seine Ungeduld steigerte sich über alle Begriffe.

Punkt sechs Uhr erschien Degtjarjow. Der junge Mann schien in der besten Laune. Der Zylinderhut saß ihm keck im Nacken, und aus dem offenen Mantel schien zugleich mit der Weste auch seine Seele hervorzugucken. Er pfiff ein Liedchen und rauchte eine Zigarre ...

– Gleich wirst du den Truthahn und den Brummbären erleben! – sagte sich Turmanow schadenfroh. – Warte nur! –

Degtjarjow ging auf die Vase zu und steckte lässig seine Hand hinein ... Lew Sawwitsch erhob sich und bohrte in ihn seine Blicke ... Der junge Mann holte aus der Vase ein kleines Paket hervor, betrachtete es von allen Seiten und zuckte die Achseln; dann erbrach er unentschlossen die Siegel, zuckte wieder die Achseln, und sein Gesicht zeigte plötzlich höchstes Erstaunen: Im Paket lagen zwei Hundertrubelscheine!

Degtjarjow betrachtete lange die Scheine. Schließlich steckte er sie sich achselzuckend in die Tasche und sagte: »Ich danke schön!«

Der unglückliche Lew Sawwitsch hörte dieses »Ich danke schön«. Den ganzen Abend stand er vor dem Laden Dulinows, drohte dem Aushängeschild mit der Faust und murmelte empört:

»Feigling! Elender Kaufmich! Feigling! Hasenfuß! ...«

Die Freude! [13]

Es war Mitternacht.

Mitja Kuldarow stürzte erregt und zerzaust in die Wohnung seiner Eltern und rannte durch alle Zimmer. Die Eltern gingen eben zu Bett. Seine Schwester lag schon und las die letzte Seite eines Romans zu Ende. Seine Brüder, die Gymnasiasten, schliefen.

»Woher kommst du?«, fragten die Eltern erstaunt. »Was ist mit dir los?«

»Ach, fragt lieber nicht! Ich hätte es nie erwartet! Nein, niemals hätte ich es erwartet! Es ist ... es ist sogar unwahrscheinlich!«

Mitja fing zu lachen an und ließ sich in einen Sessel fallen, da er vor Glück nicht mehr auf den Beinen stehen konnte.

»Es ist ganz unwahrscheinlich! Ihr könnt es euch gar nicht vorstellen! Schaut nur her!«

Die Schwester sprang aus dem Bett, warf sich die Decke über und ging auf ihren Bruder zu. Die Gymnasiasten erwachten.

»Was hast du denn? Du siehst so furchtbar aus!«

»Das kommt von der Freude, Mama! Jetzt kennt mich ja ganz Russland! Ganz Russland! Bisher habt ihr es allein gewusst, dass auf dieser Welt der Kollegien-Registrator Dmitrij Kuldarow existiert; jetzt weiß es aber ganz Russland! Mama! Mein Gott!«

Mitja sprang auf, rannte durch alle Zimmer und setzte sich wieder hin.

»Was ist denn geschehen? Sprich doch vernünftig!«

»Ihr lebt wie die wilden Tiere, ihr lest keine Zeitungen und habt gar kein Interesse für die Presse, und doch findet man in den Zeitungen so viel Interessantes! Kaum passiert etwas, so wird es sofort bekannt, nichts bleibt verborgen! Die Zeitungen be-

---

[13] Übersetzt von Alexander Eliasberg.

richten doch nur von berühmten Menschen, heute aber haben sie auch über mich etwas gebracht!«

»Was du nicht sagst! Wo?«

Der Papa erbleichte. Die Mama warf einen Blick auf das Heiligenbild und bekreuzigte sich. Die Gymnasiasten sprangen in ihren kurzen Nachthemden aus den Betten und kamen, so wie sie waren, näher.

»Jawohl! Von mir steht etwas in der Zeitung! Jetzt wird mich ganz Russland kennen! Mama verwahren Sie diese Nummer zum Andenken! Wir wollen es ab und zu wieder lesen. Schaut nur her!«

Mitja holte eine Zeitungsnummer aus der Tasche, reichte sie dem Vater und zeigte mit dem Finger auf eine blau umrandete Stelle.

»Lesen Sie es doch!«

Der Vater setzte sich die Brille auf.

»Lesen Sie doch!«

Die Mama blickte wieder auf das Heiligenbild und bekreuzigte sich. Der Papa räusperte sich und begann:

»Als der Kollegien-Registrator Dmitrij Kuldarow ...«

»Seht ihr es? Seht ihr es? Weiter!«

»... der Kollegien-Registrator Dmitrij Kuldarow am 29. Dezember um elf Uhr abends die Bierhalle im Kosichinschen Hause auf der Kleinen Bronnaja im trunkenen Zustande verließ ...«

»Auch Semjon Petrowitsch war dabei ... Mit allen Einzelheiten steht es da! Lesen Sie weiter! Hört zu!«

»... im trunkenen Zustande verließ, glitt er aus und geriet unter das Droschkenpferd des nach dem Dorfe Durykina im Juchnowschen Landkreise zuständigen Bauern Iwan Drotow. Das erschrockene Pferd schritt über den Kuldarow hinweg, schleppte über ihn den Schlitten mit dem in demselben sitzenden Moskauer Kaufmann zweiter Gilde Stepan Lukow und raste dahin, wurde aber von mehreren Hausknechten angehalten, Kuldarow, der im ersten Augenblick bewusstlos war, wurde auf das Polizeirevier gebracht und von einem Arzte untersucht. Der Schlag, den er im Nacken bekam ...«

»Das war die Deichselstange, Papa. Weiter! Lesen Sie nur weiter!«

»... den er im Nacken bekam, gehört zu den leichteren. Über den Vorfall wurde ein Protokoll aufgenommen und dem Opfer ärztliche Hilfe geleistet ...«

»Man sagte mir, ich solle mir kalte Kompressen im Nacken machen. Habt ihr es gelesen? Nun? Jetzt erfährt es ganz Russland! Gebt es her!«

Mitja ergriff die Zeitung, faltete sie zusammen und steckte sie in die Tasche.

»Jetzt lauf ich zu den Makarows und zeig' es ihnen ... Dann muss ich es noch den Iwamzkijs zeigen, Natalja Iwanowna, Anissim Wassiljewitsch ... Ich muss laufen! Lebt wohl!«

Mitja setzte sich seine Mütze mit der Beamtenkokarde auf und lief triumphierend und glückstrahlend auf die Straße.

Ein wehrloses Geschöpf [14]

So stark auch der nächtliche Gichtanfall war, so heftig auch die Nerven schmerzten, begab sich Kistunow dennoch des Morgens in den Dienst und begann zur gewohnten Stunde, die Besucher und die Kunden der Bank zu empfangen. Er sah verschmachtet und gequält aus und sprach mit leiser Stimme, kaum atmend, wie ein Sterbender.

»Was wünschen Sie?«, wandte er sich an eine Dame in einem vorsintflutlichen Mantel, die von rückwärts einem großen Mistkäfer glich.

»Sehen Sie, Exzellenz,« begann die Dame sehr schnell, »mein Mann, der Kollegien-Assessor Schtschukin, war fünf Monate krank, und während er, Sie müssen schon entschuldigen, zu Hause in ärztlicher Behandlung war, wurde er ohne jeden Grund aus dem Dienste entlassen, Exzellenz; und als ich hinging, um sein Gehalt abzuholen, so zogen sie davon vierundzwanzig Rubel und sechsunddreißig Kopeken ab! ›Wofür?‹ frage ich. – ›Er hat‹, sagt man mir, ›das Geld aus der Hilfskasse entliehen, und die anderen Beamten hatten für ihn gebürgt.‹ Wie ist das nun? Durfte er denn ohne meine Erlaubnis etwas nehmen? Das geht doch nicht, Exzellenz. Wie? Ich bin eine arme Frau und lebe vom Zimmervermieten ... Ich bin schwach und wehrlos ... Alle kränken und schädigen mich, und nie höre ich ein gutes Wort ...«

Die Bittende zwinkerte mit den Augen und holte aus dem Mantel ihr Taschentuch. Kistunow nahm ihr die Bittschrift aus der Hand und begann zu lesen.

»Aber erlauben Sie!«, sagte er achselzuckend. »Ich verstehe nichts. Sie sind offenbar an die falsche Stelle geraten, meine Dame. Ihr Gesuch geht uns gar nichts an. Bemühen Sie sich doch in das Ressort, wo Ihr Mann angestellt war.«

---

[14] Übersetzt von Alexander Eliasberg.

»Ach, Väterchen, an fünf Stellen bin ich schon gewesen, und nirgends wollte man mein Gesuch annehmen!«, sagte die Schtschukina. »Ich hatte schon ganz den Kopf verloren, aber mein Schwiegersohn, Boris Matwejitsch, Gott schenke ihm Gesundheit, brachte mich auf den Gedanken, mich an Sie zu wenden. ›Wenden Sie sich an den Herrn Kistunow, Mamachen,‹ sagte er mir: ›Er ist ein einflussreicher Mann und kann für Sie alles tun ...‹ Helfen Sie mir, Exzellenz!«

»Wir können für Sie nichts tun, Frau Schtschukina ... Begreifen Sie es doch: Ihr Mann diente, soviel ich sehe, im militärärztlichen Ressort, wir haben hier aber ein privates Handelsunternehmen, eine Bank. Wie verstehen Sie das nicht!«

Kistunow zuckte wieder die Achseln und wandte sich an einen Herrn in Militäruniform mit geschwollener Backe.

»Exzellenz,« sang mit weinerlicher Stimme die Schtschukina: »Über die Krankheit meines Mannes habe ich ein ärztliches Attest! Hier ist das Attest, belieben Sie es nur zu sehen!«

»Sehr schön, ich glaube es Ihnen,« sagte Kistunow gereizt. »Ich wiederhole aber, dass die Sache uns nichts angeht. Es ist sonderbar und sogar komisch! Weiß denn Ihr Mann nicht, wohin Sie sich zu wenden haben?«

»Er weiß gar nichts, Exzellenz. Ich bekomme von ihm nur das eine zu hören: ›Es ist nicht deine Sache! Marsch, hinaus!‹ Wessen Sache ist es aber? Ich habe doch für alle zu sorgen! Mir sitzen sie auf dem Halse!«

Kistunow wandte sich wieder an die Schtschukina und begann ihr den Unterschied zwischen dem militärärztlichen Ressort und einer Privat-Bank zu erklären. Sie hörte ihm aufmerksam zu, nickte verständnisvoll mit dem Kopfe und sagte:

»Ja, so, so ... Ich verstehe es, Väterchen. In diesem Falle belieben Exzellenz mir wenigstens fünfzehn Rubel auszahlen zu lassen! Ich bin auch mit einer Teilzahlung einverstanden.«

»Ach!«, seufzte Kistunow und warf den Kopf in den Nacken. »Ihnen kann man das wohl gar nicht klarmachen! Begreifen Sie doch, dass es ebenso sonderbar ist, sich mit einer solchen Bitte an uns zu wenden, wie ein Gesuch wegen Ehescheidung beispielsweise an eine Apotheke oder an ein Aichamt zu richten. Man hat Ihnen einen Abzug vom Gehalt gemacht, aber was können wir dafür?«

»Exzellenz, ich werde für Sie ewig zu Gott beten, haben sie Mitleid mit mir,« jammerte die Schtschukina. »Ich bin eine wehrlose, schwache Frau ... Ich habe mich schon halb totgehetzt ... Ich muss mit den Zimmerherren prozessieren, mich für meinen Mann bemühen, die Wirtschaft versehen; – auch muss ich jeden Tag in die Kirche, um mich zum Abendmahl vorzubereiten, und mein Schwiegersohn hat seine Stelle verloren ... Es sieht nur so aus, als ob ich esse und trinke, in Wirklichkeit kann ich mich kaum auf den Beinen halten ... Die ganze Nacht habe ich nicht geschlafen.«

Kistunow fühlte sein Herz klopfen. Er nahm einen gequälten Gesichtsausdruck an, drückte die Hand aufs Herz und versuchte von Neuem, der Schtschukina die Sache zu erklären, aber seine Stimme versagte ...

»Nein, entschuldigen Sie, ich kann nicht mit Ihnen sprechen,« sagte er und winkte mit der Hand. »Mir schwindelt sogar der Kopf. Sie stören uns in unserer Arbeit und verlieren auch Ihre Zeit unnütz. Uff! ... Alexej Nikolajitsch,« wandte er sich an einen der Angestellten: »Erklären Sie es bitte der Frau Schtschukina!«

Nachdem Kistunow alle Besucher abgefertigt hatte, begab er sich in sein Arbeitszimmer und unterschrieb ein Dutzend Papiere; Alexej Nikolajitsch mühte sich aber noch immer mit der Schtschukina ab. Kistunow hörte aus seinem Zimmer zwei Stimmen: den eintönigen gedämpften Bass Alexej Nikolajitschs und die weinerliche kreischende Stimme der Schtschukina ...

»Ich bin eine wehrlose und schwache Frau, eine kränkliche Frau,« sprach die Schtschukina. »Von außen sehe ich vielleicht auch rüstig aus, aber wenn man mich genau untersucht, so ist kein Glied an mir gesund. Ich halte mich kaum auf den Beinen und habe auch jeden Appetit verloren ... Selbst den Morgenkaffee habe ich heute ohne jedes Vergnügen getrunken.«

Alexej Nikolajitsch erklärte ihr indessen den Unterschied zwischen den Ressorts und das komplizierte System des Instanzenweges. Bald wurde auch er müde, und an seine Stelle trat der Buchhalter.

»Ein unglaublich ekelhaftes Frauenzimmer!«, empörte sich Kistunow, nervös die Hände ringend und jeden Augenblick einen Schluck Wasser nehmend. »Eine Idiotin, ein Stück Holz! Mich hat sie ganz krank gemacht, und jetzt wird sie auch die anderen müde hetzen, das gemeine Biest! Ach, dieses Herzklopfen!«

Nach einer halben Stunde schellte er. Alexej Nikolajitsch trat ein.

»Nun, wie steht es?«, fragte Kistunow mit milder Stimme.

»Wir können es ihr unmöglich klarmachen, Pjotr Alexandrowitsch! Ganz erschöpft sind wir. Was man ihr auch sagt, sie kommt immer wieder mit ihren Geschichten ...«

»Ich ... ich kann ihre Stimme nicht mehr hören ... Ich bin ganz krank ... ich halte es nicht mehr aus ...«

»Man müsste den Portier rufen, Pjotr Alexandrowitsch, damit er sie hinausschmeißt.«

»Nein, nein!«, erschrak Kistunow. »Sie wird ein großes Geschrei erheben, in diesem Hause sind aber viele Wohnungen, und die Leute werden sich von uns weiß der Teufel, was denken .... Lieber Freund, versuchen Sie doch, es ihr irgendwie klarzumachen.«

Nach einer Minute ertönte wieder das Summen Alexej Nikolajitschs. Nach einer Viertelstunde wurde seine Bassstimme vom kräftigen Tenor des Buchhalters abgelöst.

»Ein furchtbar gemeines Biest!«, empörte sich Kistunow, nervös die Achseln zuckend. »Dumm wie eine Kuh, dass sie der Teufel. Mir scheint, ich bekomme einen neuen Gichtanfall ... Wieder die Migräne ...«

Der ganz erschöpfte Alexej Nikolajitsch klopfte im Nebenzimmer schließlich mit dem Finger auf den Tisch und dann auf seine Stirn.

»Mit einem Worte, Sie haben keinen Kopf auf dem Nacken,« sagte er, »sondern dies da ...«

»Hör' auf, hör' auf ...« entgegnete die Alte gekränkt. »Das kannst du deiner Frau vorklopfen ... Grobian! Werde nur nicht handgreiflich.«

Alexej Nikolajitsch blickte sie wütend und gehässig an, als wollte er sie verschlingen, und sagte mit leiser, gedämpfter Stimme:

»Marsch, hinaus!«

»Wa-as?«, kreischte die Schtschukina auf. »Wie unterstehen Sie sich? Ich bin eine schwache, wehrlose Frau, ich werde das nicht dulden! Mein Mann ist Kollegien-Assessor! Dieser Grobian! Ich gehe mal zum Advokaten Dmitrij Karlowitsch; vernichten wird er dich! Gegen drei Zimmerherren habe ich schon Prozess gewonnen, und du wirst für deine frechen Worte vor mir auf den Knien herumrutschen! Ich gehe gleich zu eurem General! Exzellenz! Exzellenz!«

»Marsch, hinaus, du Biest!«, zischte Alexej Nikolajitsch.

Kistunow öffnete die Tür und blickte hinaus.

»Was ist denn los?«, fragte er mit weinerlicher Stimme.

Die Schtschukina stand so rot wie ein Krebs mitten im Zimmer, rollte die Augen und gestikulierte mit den Fingern. Die Bankbeamten standen um sie herum, ebenso rot wie sie, sichtbar erschöpft und sahen einander ratlos an.

»Exzellenz!«, wandte sich die Schtschukina an Kistunow. »Dieser da ... dieser ... (sie zeigte auf Alexej Nikolajitsch) klopfte mit den Fingern sich auf die Stirn und dann auf den Tisch ... Sie haben ihm befohlen, meinen Fall zu untersuchen, er aber verhöhnt mich nur! Ich bin eine schwache, wehrlose Frau ... Mein Mann ist Kollegien-Assessor, und ich selbst bin eine Majorstochter!«

»Gut, meine Dame,« stöhnte Kistunow. »Ich werde den Fall untersuchen ... ich werde die nötigen Maßregeln ergreifen ... Gehen Sie jetzt ... kommen Sie später! ...«

»Wann bekomme ich aber das Geld, Exzellenz? Ich brauche es heute!«

Kistunow fuhr sich mit der zitternden Hand über die Stirn, seufzte auf und begann ihr wieder zu erklären.

»Gnädige, ich habe es Ihnen schon einmal gesagt. Hier ist eine Bank, ein privates Handelsunternehmen ... Was wollen Sie von uns? Begreifen Sie es doch, dass Sie uns nur stören.«

Die Schtschukina hörte ihn aufmerksam an und seufzte.

»Ja, gewiss ...« gab sie zu. »Aber, Exzellenz, tun Sie mir die Gnade, damit ich für Sie ewig zu Gott bete, seien Sie mir wie ein Vater, nehmen Sie sich meiner an. Wenn das ärztliche Attest nicht genügt, so kann ich auch eine Bestätigung vom Polizeirevier beibringen ... Lassen Sie mir doch das Geld auszahlen!«

Kistunow flimmerte es vor den Augen. Er atmete die ganze Luft, die er in der Lunge hatte, aus und ließ sich erschöpft auf einen Stuhl fallen.

»Wie viel wollen Sie?«, fragte er mit matter Stimme.

»Vierundzwanzig Rubel sechsunddreißig Kopeken.«

Kistunow holte seine Brieftasche raus, entnahm dieser einen Fünfundzwanzigrubelschein und reichte ihn der Schtschukina.

»Nehmen Sie es und ... gehen Sie!«

Die Schtschukina wickelte das Geld in ihr Taschentuch, verwahrte es, lächelte süß, höflich und sogar kokett und fragte:

»Exzellenz, bekommt jetzt mein Mann seine Stelle wieder?«

»Ich gehe weg ... ich bin krank ...« sagte Kistunow mit müder Stimme. »Ich habe furchtbares Herzklopfen.«

Als Kistunow gegangen war, schickte Alexej Nikolajitsch den Nikita in die Apotheke nach Kirschlorbeertropfen. Alle Angestellten nahmen je zwanzig Tropfen ein und machten sich an die Arbeit. Die Schtschukina saß aber noch an die zwei Stunden unten im Vestibül, unterhielt sich mit dem Portier und wartete auf Kistunow.

Sie kam am nächsten Tage wieder.

Eine Tochter Albions [15]

Vor dem Hause des Gutsbesitzers Grjabow hielt ein eleganter Wagen auf Gummirädern, mit einem dicken Kutscher und Samtpolstern. Aus dem Wagen sprang der Kreis-Adelsmarschall Fjodor Andrejitsch Otzow. Im Vorzimmer wurde er von einem verschlafenen Lakai empfangen.

»Ist der Herr zu Hause?«, fragte der Adelsmarschall.

»Zu Befehl, nein. Die Gnädige sind mit den Kindern ausgefahren, um einen Besuch zu machen, und der Gnädige sind mit der Gouvernante beim Angeln. Seit dem frühen Morgen.«

Otzow stand eine Weile nachdenklich da und ging dann zum Fluss, um Grjabow zu suchen. Er fand ihn am Flusse, zwei Werst vom Hause entfernt. Als Otzow vom steilen Ufer hinunterblickte und Grjabow sah, musste er laut auflachen ... Grjabow, ein großer, dicker Mann mit einem sehr großen Kopf saß mit untergeschlagenen Beinen auf dem Ufersand und angelte. Neben ihm stand eine lange schlanke Engländerin mit hervorquellenden Krebsaugen und langer Vogelnase, die eher einem Angelhaken als einer Nase glich. Sie hatte ein weißes Mullkleid an, durch das ihre dürren gelben Schultern sehr deutlich hindurchschimmerten. Am goldenen Gürtel hatte sie eine goldene Uhr hängen. Auch sie angelte. Um die beiden herum herrschte eine Grabesstille. Beide waren so unbeweglich wie der Fluss, auf dem ihre Korke schwammen.

»... Die Lust zum Dinge macht alle Mühe geringe!«, sagt Otzow lachend. »Guten Tag, Iwan Kusmitsch!«

»Ach so, das bist du?«, fragte Grjabow, ohne den Blick von der Wasserfläche loszureißen. »Bist du hergekommen?«

»Wie du siehst ... Du aber gibst dich noch immer mit diesem Blödsinn ab! Ist es dir noch nicht zu dumm geworden?«

---

[15] Übersetzt von Alexander Eliasberg.

»Keine Spur ... Den ganzen Tag angele ich, seit dem frühen Morgen ... Heute wollen die Fische gar nicht anbeißen. Wir sitzen und sitzen und haben noch nichts gefangen! Es ist einfach zum Schreien!«

»Spuck doch drauf. Komm, wollen wir ein Schnäpschen trinken!«

»Wart' ... Vielleicht fangen wir doch noch etwas. Gegen Abend beißen die Fische besser an. Seit dem frühen Morgen sitze ich hier, Bruder! Es ist so langweilig, dass ich es dir gar nicht beschreiben kann. Hat mich auch der Teufel verführen müssen, mir dieses Angeln anzugewöhnen! Ich weiß wohl, dass es ein Blödsinn ist, und doch sitze ich da! Ich sitze wie ein Schuft, wie ein Zuchthäusler und starre auf das Wasser wie ein Idiot. Ich müsste eigentlich zum Heuschlag, sitze aber hier und angele. Gestern hielt in Chaponjewo der Bischof einen Gottesdienst ab, und ich fuhr gar nicht hin; saß die ganze Zeit hier mit dieser Hopfenstange ... mit dieser Hexe ...«

»Bist du verrückt?«, fragte Otzow mit einem verlegenen Seitenblick auf die Engländerin. »Du fluchst in Gegenwart einer Dame ... und dazu noch auf sie selbst ...«

»Hol' sie der Teufel! Sie versteht doch keinen Ton Russisch. Ob du sie lobst oder beschimpfst, ist ganz gleich. Schau nur ihre Nase an! Von der Nase allein kann es einem schlecht werden! Ganze Tage sitzen wir zusammen, und wenn sie auch nur ein Wort gesprochen hätte! Sie steht wie eine Vogelscheuche da und starrt aufs Wasser.«

Die Engländerin gähnte, tat einen neuen Wurm an den Haken und angelte weiter.

»Ich staune nicht wenig, Bruder!«, fuhr Grjabow fort.

»Die dumme Gans lebt seit zehn Jahren in Russland, und wenn sie auch nur ein einziges russisches Wort gelernt hätte! ... Wenn ein russischer Aristokrat zu ihnen hinüberfährt, so lernt er im Nu englisch schwatzen, sie aber ... hol' sie der Teufel! Schau nur ihre Nase an! Die Nase!«

»Hör' doch auf ... Es geht wirklich nicht ... Was bist du so über diese Frau hergefallen?«

Sie ist keine Frau, sondern ein Fräulein ... Sie hofft vielleicht, auch noch eine Partie zu machen, die Teufelspuppe. Sie riecht auch nach etwas Faulem ... Gott, wie ich sie hasse! Ich kann sie gar nicht gleichgültig anschauen! Wenn sie mich mit ihren Krebsaugen anblickt, so geht es mir durch Mark und Bein, als hätte ich mir den Ellbogen am Treppengeländer angeschlagen. Auch sie angelt gerne. Schau nur: Sie tut es so, als wäre es eine heilige Handlung! Mit Verachtung sieht sie auf alles ... Die Kanaille steht da und ist sich bewusst, dass sie ein Mensch, folglich die Krone der Schöpfung ist. Weißt du, wie sie heißt? Uilka Tscharlsowna Tfaiß! Pfui, man kann es kaum aussprechen!«

Als die Engländerin ihren Namen hörte, wandte sie ihre Nase langsam Grjabow zu und maß ihn mit einem verächtlichen Blicke. Dann richtete sie ihre Augen von Grjabow auf Otzow und übergoss auch ihn mit Verachtung. Dies alles machte sie schweigend, würdevoll und langsam.

»Hast du es gesehen?«, fragte Grjabow lachend. »Als wollte sie sagen: Da habt ihr es! Ach, du, Waldgespenst! Nur der Kinder wegen halte ich diesen Molch in meinem Hause. Wenn die Kinder nicht wären, so würde ich sie auch nicht auf zehn Werst Distanz an mein Gut heranlassen ... Die Nase wie bei einem Habicht ... Und die Taille! Diese Puppe gleicht einem langen Nagel. Weißt du, ich hätte Lust, sie wie einen Nagel in die Erde hineinzujagen. Wart' ... Ich glaube, bei mir beißt es an ...«

Grjabow sprang auf und hob die Angel. Die Schnur spannte sich ... Grjabow zog noch einmal, brachte aber den Haken nicht aus dem Wasser.

»Er hat sich verfangen!«, sagte er und verzog das Gesicht. »Ist wohl an einem Stein hängen geblieben ... Hol' der Teufel ...«

Grjabows Gesicht nahm einen schmerzvollen Ausdruck an. Fortwährend seufzend, unruhig hin und her rückend und fluchend, zupfte er an der Schnur. Das Zupfen führte zu nichts. Grjabow erbleichte.

»Wie schade! Jetzt muss ich ins Wasser steigen.«

»Ach, lass das!«

»Es geht nicht ... Gegen Abend beißen die Fische immer an ... So ein Pech, dass Gott mir verzeih'! Nun muss ich ins Wasser. Es geht nicht anders! Wenn du nur wüsstest, wie wenig Lust ich habe, mich auszuziehen! Die Engländerin muss ich aber wegjagen ... In ihrer Gegenwart kann ich mich nicht gut ausziehen. Sie ist doch immerhin eine Dame!«

Grjabow nahm den Hut ab und band sich die Krawatte auf.

»Miss ... He, he ...« wandte er sich an die Engländerin. »Miss Tfaiß! *Je vous prie* ... Nun, wie soll ich es ihr sagen? Wie sage ich es dir, dass du mich verstehst? Sie, hören Sie mal ... dorthin! Gehen Sie dorthin! Hörst du?«

Miss Tfaiß übergoss Grjabow mit Verachtung und gab einen Nasenlaut von sich.

»Wie? Sie verstehen nicht? Geh' fort von hier, sagt man dir! Ich muss mich ausziehen, du Teufelspuppe! Geh' dorthin! Dorthin!«

Grjabow zupfte die Miss am Ärmel, zeigte aufs Gebüsch und hockte sich hin; er wollte damit sagen: geh' ins Gebüsch und versteck dich dort. Die Engländerin bewegte energisch die Brauen und sprach einen langen englischen Satz. Die beiden Gutsbesitzer platzten schier vor Lachen.

»Zum ersten Mal in meinem Leben höre ich ihre Stimme ... Eine nette Stimme, das muss man schon sagen! Sie versteht mich nicht! Nun, was soll ich mit ihr anfangen?«

»Spuck auf sie! Komm, trinken wir ein Schnäpschen!«

»Ich kann nicht, gleich werden die Fische anbeißen. Der Abend bricht an ... Nun, was soll ich machen? Dieses Pech! Werde mich wohl in ihrer Gegenwart ausziehen müssen ...«

Grjabow zog sich Rock und Weste aus und setzte sich auf den Sand, um die Stiefel auszuziehen.

»Hör' mal, Iwan Kusmitsch,« sagte der Adelsmarschall, in die hohle Hand lachend. »Das ist schon eine Verhöhnung, mein Freund.«

»Niemand hat sie gebeten, mich nicht zu verstehen! Das ist mal eine Lektion für die Ausländer!«

Grjabow entledigte sich der Stiefel, der Beinkleider und der Wäsche und blieb im Adamskostüm. Otzow hielt sich den Bauch. Er war vor Lachen und vor Verlegenheit ganz rot geworden. Die Engländerin bewegte die Brauen und zwinkerte mit den Augen ... Über ihr gelbes Gesicht glitt ein hochmütiges, verächtliches Lächeln.

»Ich muss mich erst abkühlen,« sagte Grjabow, indem er sich auf die Hüften klatschte. »Sag' mir mal, Fjodor Andrejitsch, warum habe ich jeden Sommer diesen Ausschlag auf der Brust?«

»Geh' doch schneller ins Wasser oder deck' dich wenigstens zu! Du Vieh!«

»Wenn sie sich doch wenigstens genieren täte, das gemeine Biest!«, versetzte Grjabow, während er ins Wasser stieg und sich bekreuzigte. »Brrr ... das Wasser ist kalt ... Schau nur, wie sie die Brauen bewegt! Geht aber doch nicht weg ... Sie steht eben über der Menge! Ha – ha – ha! ... Sie hält uns gar nicht für Menschen!«

Er ging bis an die Knie ins Wasser, reckte sich so lang er war, blinzelte mit einem Auge und sagte:

»Ja, hier ist eben nicht England!«

Miss Tfaiß wechselte kaltblütig den Köder und warf die Angel von neuem aus. Otzow wandte sich weg. Grjabow machte den Haken los, tauchte einmal unter und stieg schnaubend aus dem Wasser. Nach einer Minute saß er schon wieder auf dem Sande und angelte.

Das Drama [16]

»Pawel Wassiljitsch, da ist eine Dame gekommen und will Sie sprechen,« meldete Luka. »Sie wartet schon seit einer Stunde ...«

Pawel Wassiljitsch hatte eben gefrühstückt. Als er von der Dame hörte, verzog er das Gesicht und sagte:

»Hol' sie der Teufel! Sag' ihr, ich sei beschäftigt.«

»Sie war schon fünfmal da, Pawel Wassiljitsch. Sie sagt, dass sie Sie unbedingt sprechen muss ... Sie weint beinahe.«

»Hm ... Also gut, führe sie ins Arbeitszimmer.«

Pawel Wassiljitsch zog sich ohne Übereilung den Rock an, nahm in die eine Hand eine Feder und in die andere – ein Buch, machte eine Miene, als wäre er sehr beschäftigt, und ging in sein Arbeitszimmer. Hier erwartete ihn schon der Besuch: eine große volle Dame mit rotem, feistem Gesicht und einer Brille auf der Nase, von sehr anständigem Aussehen und mehr als anständig gekleidet (sie hatte eine vierstöckige Tournüre und einen hohen Hut mit einem braunroten Vogel). Als sie den Hausherrn gewahrte, rollte sie die Augen hinauf und faltete die Hände wie im Gebet.

»Sie erinnern sich meiner natürlich nicht,« begann sie mit einer hohen männlichen Tenorstimme in sichtbarer Aufregung. »Ich ... ich hatte das Vergnügen, Sie bei den Chruzkijs kennenzulernen ... Ich heiße Muraschkina.«

»Aha ... hm ... Nehmen Sie Platz! Womit kann ich dienen?«

Sehen Sie, ich ... ich ...« sagte die Dame, indem sie Platz nahm, in noch größerer Erregung. »Sie erinnern sich meiner nicht ... Ich heiße Muraschkina ... Sehen Sie, ich bin eine große Verehrerin Ihres Talents und lese stets mit Genuss Ihre Aufsätze ... Glauben Sie nur nicht, dass ich Ihnen schmeicheln will, – Gott behüte! – ich lasse Ihnen nur Gerechtigkeit widerfahren ...

---

[16] Übersetzt von Alexander Eliasberg.

Immer, immer lese ich Ihre Aufsätze! Einigermaßen stehe ich auch selbst der Schriftstellerei nicht ganz fern, d. h. natürlich ... ich wage es nicht, mich eine Schriftstellerin zu nennen, aber auch ich habe schon einige Tropfen Honig in den Bienenkorb der Literatur gebracht. Zu verschiedenen Zeiten sind von mir drei Erzählungen für die Jugend erschienen, – Sie haben sie natürlich nicht gelesen ... ich habe auch viel übersetzt und ... und mein verstorbener Bruder war Mitarbeiter der Zeitschrift ›Delo‹.«

»So, so ... hm ... Womit kann ich dienen?«

»Sehen Sie ... (Die Muraschkina senkte die Augen und errötete). Ich kenne Ihr Talent ... und Ihre Anschauungen, Pawel Wassiljitsch, und möchte gerne Sie um Ihre Ansicht oder eigentlich um Rat bitten. Ich bin, *pardon pour l'expression*, mit einem Drama niedergekommen, und bevor ich es an die Zensur schicke, möchte ich Ihr Urteil hören.«

Die Muraschkina kramte nervös, mit dem Ausdruck eines gefangenen Vogels, in ihren Kleidern und holte ein großes dickes Heft hervor.

Pawel Wassiljitsch liebte nur seine eigenen Aufsätze; fremde Arbeiten, die er lesen oder hören musste, machten auf ihn immer den Eindruck einer ihm direkt aufs Gesicht gerichteten Kanonenmündung. Als er das Heft erblickte, erschrak er und sagte schnell:

»Gut, lassen Sie es da ... ich werde es lesen.«

»Pawel Wassiljitsch!«, sagte die Muraschkina schwärmerisch, indem sie sich erhob und die Hände wie im Gebet faltete. »Ich weiß, Sie sind beschäftigt ... jede Minute ist Ihnen teuer, und ich weiß auch, dass Sie mich jetzt innerlich zum Teufel wünschen, aber ... seien Sie so gut, gestatten Sie mir, Ihnen mein Drama jetzt gleich vorzulesen ... Seien Sie so lieb!«

»Es freut mich sehr,« sagte Pawel Wassiljitsch verlegen. »Aber ich habe keine Zeit, meine Gnädige ... Ich ... ich muss jetzt gleich weggehen.«

»Pawel Wassiljitsch!«, stöhnte die Dame, während sich ihre Augen mit Tränen füllten. »Ich bitte Sie um ein Opfer! Ich bin frech, ich bin zudringlich, seien Sie aber großmütig! Morgen muss ich nach Kasan fahren und möchte Ihre Meinung schon heute hören. Schenken Sie mir eine halbe Stunde Aufmerksamkeit ... nur eine halbe Stunde! Ich flehe Sie an!«

Pawel Wassiljitsch war im Grunde genommen ein Waschlappen und konnte nicht nein sagen. Es kam ihm vor, als sei die Dame im Begriff, in Tränen auszubrechen und vor ihm niederzuknien; er fühlte sich plötzlich verlegen und murmelte ganz ratlos:

»Gut, gerne ... ich will hören ... eine halbe Stunde höre ich gerne zu.«

Die Muraschkina schrie vor Freude auf, nahm sich den Hut ab, setzte sich hin und begann zu lesen. Zuerst las sie, wie ein Diener und eine Zofe beim Aufräumen eines reichen Salons sehr langatmig über ein Fräulein Anna Sergejewna sprachen, das im Dorfe eine Schule und ein Krankenhaus erbaut hätte. Als der Diener gegangen war, hielt die Zofe einen Monolog über das Thema, dass das Wissen – Licht, und die Unwissenheit – Finsternis sei; dann brachte die Muraschkina den Diener wieder in den Salon und ließ ihn einen langen Monolog sprechen über seinen Herrn, den General, der die Überzeugungen seiner Tochter hasse, sie mit einem reichen Kammerjunker verheiraten möchte und der Ansicht sei, dass das Heil des Volkes in der Unbildung liege. Die Dienstboten entfernten sich; nun erschien das Fräulein selbst und teilte dem Publikum mit, dass sie die ganze Nacht nicht geschlafen und fortwährend an Valentin Iwanowitsch, den Sohn eines armen Lehrers, gedacht habe, welcher unentgeltlich seinem Vater helfe. Valentin hätte alle Wissenschaften studiert, glaube aber weder an Freundschaft, noch an Liebe, habe kein Ziel im Leben und ersehne sich den Tod; darum müsse sie ihn retten.

Pawel Wassiljitsch hörte zu und dachte mit Sehnsucht an sein Sofa. Er warf der Muraschkina gehässige Blicke zu, fühlte, wie ihre männliche Tenorstimme gegen seine Trommelfelle prasselte, verstand nichts und dachte sich:

– Was hat dich der Teufel hergebracht ... Unbedingt muss ich deinen Blödsinn anhören! ... Was kann ich dafür, dass du ein Drama geschrieben hast? Du lieber Himmel, so ein dickes Heft! Eine Strafe Gottes! –

Pawel Wassiljitsch blickte auf das Bild seiner Frau, das zwischen zwei Fenstern hing, und erinnerte sich, dass die Frau ihm aufgetragen hatte, fünf Arschin Band, ein Pfund Käse und ein Paket Zahnpulver zu kaufen und auf die Sommerfrische zu bringen.

– Habe ich nicht das Muster vom Band verloren? – dachte er sich. – Wo habe ich es nur hingetan? Ich glaube, es steckt in der Tasche des blauen Rockes ... Die niederträchtigen Fliegen haben schon das Bild mit ihren Punkten verdreckt. Ich muss mal der Olga sagen, dass sie das Glas wäscht. Sie liest den zwölften Auftritt, also ist wohl der erste Akt bald zu Ende. Ist denn bei solcher Hitze und dazu noch bei dieser Korpulenz überhaupt eine Inspiration möglich? Statt Dramen zu schreiben, sollte sie doch lieber kalte Suppen essen und im Keller schlafen ... –

»Finden Sie nicht, dass dieser Monolog etwas zu lang ist?«, fragte die Muraschkina, die Augen vom Manuskript hebend.

Pawel Wassiljitsch hatte den Monolog nicht gehört. Er wurde verlegen und sagte so schuldbewusst, als hätte nicht die Dame, sondern er selbst den Monolog geschrieben:

»Nein, durchaus nicht ... Sehr nett ...«

Die Muraschkina erstrahlte vor Glück und fuhr fort:

»*Anna*: Die Analyse hat Sie vergiftet. Sie haben viel zu früh aufgehört, mit Ihrem Herzen zu leben, und sich dem Verstand anvertraut. – *Valentin*: Was ist das Herz? Das ist doch ein anatomischer Begriff. Als eine konventionelle Bezeichnung dafür, was man sonst Gefühl nennt, kann ich es nicht anerkennen. – *Anna* (verlegen): Und die Liebe? Ist denn auch die Liebe nur ein Produkt der Ideen-Assoziation? Sagen Sie mir aufrichtig: Haben Sie einmal geliebt? – *Valentin* (bitter): Wir wollen die alten, noch nicht verheilten Wunden nicht berühren. (Pause.) Woran denken Sie jetzt? – *Anna*: Mir scheint, Sie sind unglücklich.«

Während des sechzehnten Auftritts musste Pawel Wassiljitsch gähnen. Er gab dabei einen Ton von sich, wie ihn die Hunde ausstoßen, wenn sie nach einer Fliege schnappen. Er erschrak selbst vor diesem unanständigen Laut und bemühte sich, um den Eindruck zu verwischen, seinem Gesicht den Ausdruck andächtiger Aufmerksamkeit zu verleihen.

– Der siebzehnte Auftritt ... Wann kommt einmal das Ende? – fragte er sich. – Mein Gott! Wenn diese Qual noch zehn Minuten dauert, fange ich zu schreien an ... Es ist nicht zum Aushalten! –

Die Dame las aber schneller und lauter, erhob die Stimme und sagte: »Vorhang.«

Pawel Wassiljitsch atmete erleichtert auf und wollte schon aufstehn, aber die Muraschkina wendete schnell die Seite um und las weiter ...

»Zweiter Akt. Die Bühne stellt eine Dorfstraße dar. Rechts die Schule, links das Krankenhaus. Auf den Stufen vor dem Letzteren sitzen Bauern und Bäuerinnen.«

»Pardon ...« unterbrach sie Pawel Wassiljitsch: »Wie viel Akte sind es im ganzen?«

»Fünf,« antwortete die Muraschkina und fuhr schnell fort, als fürchtete sie, dass der Zuhörer davonlaufen könnte: »Aus einem Fenster der Schule schaut Valentin heraus. Man sieht im Hintergrunde die Bauern ihre Habseligkeiten in die Schenke tragen.«

Wie einer, der zum Tode verurteilt ist und an die Möglichkeit einer Begnadigung gar nicht glaubt, wartete Pawel Wassiljitsch nicht mehr auf das Ende, erhoffte nichts und gab sich nur Mühe, dass seine Augen nicht zufallen und dass der Ausdruck von Aufmerksamkeit nicht von seinem Gesicht weiche. Die Zukunft, wo die Dame mit dem Drama fertig sein und weggehen würde, erschien ihm so fern, dass er an sie nicht mal dachte.

»Tru – tu – tu – tu ...« tönte in seinen Ohren die Stimme der Muraschkina. »Tru – tu – tu ... Ssss ...« – Ich habe vergessen, Natron zu nehmen, – sagte er sich. – Ja, woran dachte ich eben? An das Natron ... Ich habe wahrscheinlich einen Magenkatarrh ... So merkwürdig: Smirnowskij trinkt den ganzen Tag Schnaps und hat noch immer keinen Katarrh ... Irgendein Vogel hat sich eben aufs Fenster gesetzt ... Ein Spatz ... –

Pawel Wassiljitsch nahm seine ganze Kraft zusammen, um die gespannten, zufallenden Augenlider offen zu halten, gähnte, ohne den Mund zu öffnen, und blickte die Muraschkina an. Sie verschwand in einem Nebel, wankte vor seinen Augen, bekam auf einmal drei Köpfe und berührte mit dem Scheitel die Decke ...

»*Valentin*: Nein, lassen Sie mich abreisen ... – *Anna* (erschrocken): Warum? – *Valentin* (zur Seite): Sie ist blass geworden! (Zu Anna): Zwingen Sie mich nicht, Ihnen die Gründe zu erklären. Ich werde eher sterben, doch Sie werden die Gründe nicht erfahren. – *Anna* (nach einer Pause): Sie dürfen nicht abreisen ...«

Die Muraschkina begann zu schwellen, wurde riesengroß und floss mit der grauen Luft des Zimmers in eins zusammen; nur ihr Mund, der sich fortwährend bewegte, war noch zu sehen; dann wurde sie so klein wie eine Flasche, begann zu schwanken und trat zugleich mit dem Tisch in die Tiefe des Zimmers zurück ...

»*Valentin* (Anna in seinen Armen haltend): Du hast mich zu neuem Leben auferweckt, du hast mir mein Lebensziel gezeigt! Du hast mich erneut, wie der Frühlingsregen die wiedererwachte Erde erneut! Aber ... es ist zu spät! Ein unheilbares Leiden zehrt an meiner Brust ...«

Pawel Wassiljitsch fuhr zusammen und richtete seine blöden, trüben Augen auf die Muraschkina; eine Minute lang blickte er sie verständnislos an ...

»Elfter Auftritt. Dieselben, der Baron und der Landpolizeimeister mit den Zeugen ... *Valentin*: Verhaftet mich! – *Anna*: Ich bin sein! Verhaftet auch mich! Ja, verhaftet auch mich! Ich liebe ihn, ich liebe ihn mehr als das Leben! – *Baron*: Anna Sergejewna, Sie vergessen, dass Sie damit auch Ihren Vater ins Verderben stürzen ...«

Die Muraschkina fing wieder zu schwellen an ... Pawel Wassiljitsch erhob sich, wilde Blicke um sich werfend, von seinem Platz, schrie mit einer unnatürlichen Bruststimme auf, nahm vom Tische einen massiven Briefbeschwerer und ließ ihn, besinnungslos, aus aller Kraft auf den Kopf der Muraschkina niedersausen ...

»Bindet mich, ich habe sie erschlagen!«, sagte er den Dienstboten, die nach einer Minute hereingestürzt kamen.

Die Geschworenen sprachen ihn frei.

Das Kunstwerk [17]

Einen in Nr. 223 der »Börsennachrichten« eingewickelten Gegenstand unter dem Arm haltend, betrat Sascha Smirnow, der einzige Sohn seiner Mutter, mit sauersüßem Gesicht das Sprechzimmer des Doktors Koscheljkow.

»Ach, lieber Jüngling!«, empfing ihn der Doktor. »Nun, wie fühlen Sie sich? Was haben Sie mir zu sagen?«

Sascha zwinkerte mit den Augen, drückte seine Hand aufs Herz und sagte mit bewegter Stimme:

»Einen schönen Gruß von Mama, Iwan Nikolajewitsch, und Sie lässt Ihnen herzlich danken ... Ich bin der einzige Sohn meiner Mutter, Sie haben mir das Leben gerettet ... Sie haben mich von der gefährlichen Krankheit kuriert ... und wir beide wissen gar nicht, wie Ihnen danken.«

»Lassen Sie es sein, junger Mann!«, unterbrach ihn der Doktor, vor Vergnügen schmelzend. »Ich tat nur das, was auch jeder andere an meiner Stelle getan hätte.«

»Ich bin der einzige Sohn meiner Mutter ... Wir sind arme Menschen und können Ihnen Ihre Mühe natürlich nicht bezahlen ... Wir müssen uns sehr schämen, Herr Doktor, obwohl übrigens Mama und ich ... der einzige Sohn meiner Mutter, Sie inständig bitten, als Zeichen unseres Dankes diesen Gegenstand anzunehmen, welcher ... Der Gegenstand ist wertvoll, aus antiker Bronze ... ein seltenes Kunstwerk.«

»Gar nicht nötig!«, sagte der Doktor und verzog das Gesicht. »Wozu das?«

»Nein, schlagen Sie es uns bitte nicht ab,« murmelte Sascha, den Gegenstand aus dem Papier befreiend. »Sie kränken sonst mich und Mama ... Der Gegenstand ist sehr hübsch ... aus antiker Bronze ... Wir haben ihn vom seligen Vater geerbt und stets als teueres Angedenken aufbewahrt ... Mein Papa pflegte alte

---

[17] Übersetzt von Alexander Eliasberg.

Bronzen zu kaufen und an Liebhaber wieder zu verkaufen ... Mama und ich betreiben jetzt das gleiche Geschäft ...«

Sascha packte den Gegenstand aus und stellte ihn feierlich auf den Tisch. Es war ein niedriger antiker Bronzeleuchter von künstlerischer Arbeit. Er stellte eine Gruppe dar: auf dem Sockel standen zwei weibliche Figuren im Evakostüm und in Posen, die zu beschreiben ich weder die Kühnheit noch das Temperament habe. Die beiden Figuren lächelten kokett und sahen so aus, als ob sie, wenn sie nicht verpflichtet wären, den Leuchter zu stützen, vom Sockel herunterspringen und im Zimmer einen Skandal verüben würden, dessen bloße Vorstellung schon eine Unanständigkeit ist, lieber Leser.

Der Doktor sah sich das Geschenk an, kratzte sich hinter dem Ohr und schnäuzte sich verlegen.

»Ja, das Ding ist wirklich hübsch,« stammelte er, »aber ... wie soll ich es nur sagen, es ist ... allzu unparlamentarisch ... Das ist schon kein Dekolleté mehr, sondern weiß der Teufel was ...«

»Wieso?«

»Der Teufel selbst hätte nichts Übleres erfinden können ... So ein Ding auf den Tisch zu stellen, heißt doch seine ganze Wohnung versauen!«

»Sie haben so merkwürdige Anschauungen über die Kunst, Herr Doktor!«, versetzte Sascha beleidigt. »Das ist doch ein Kunstgegenstand, schauen Sie ihn nur an! Soviel Schönheit und Anmut, dass die Seele von Andacht erfüllt wird und Tränen in die Augen kommen! Wenn man solche Schönheit sieht, vergisst man alles Irdische ... Schauen Sie nur, wie viel Bewegung, wie viel Leichtigkeit, welcher Ausdruck!«

»Das sehe ich alles, mein Lieber,« unterbrach ihn der Doktor. »Ich habe aber Familie, meine Kinder laufen hier umher, wir haben auch oft Damenbesuch ...«

»Natürlich, wenn man es vom Standpunkte der Menge aus betrachtet,« sagte Sascha, »so erscheint dieses hohe Kunstwerk in einem anderen Lichte ... Herr Doktor, erheben Sie sich doch über die Menge, um so mehr, als Sie durch Ihre Weigerung, den

Gegenstand anzunehmen, mich und meine Mama aufs Tiefste kränken. Ich bin der einzige Sohn meiner Mama ... Sie haben mir das Leben gerettet ... Wir geben Ihnen einen Gegenstand, der unser kostbarster Besitz ist, und ... und es tut mir nur leid, dass wir kein Pendant dazu haben ...«

»Ich danke Ihnen, mein Lieber, ich danke Ihnen von Herzen ... Grüßen Sie Ihre Mama von mir, aber urteilen Sie doch selbst: Meine Kinder laufen hier herum, wir haben oft Damenbesuch ... Nun, soll er schon dableiben! Ihnen kann ich es ja gar nicht klarmachen ...«

»Sie brauchen mir gar nichts klarzumachen,« entgegnete Sascha erfreut. »Stellen Sie doch den Armleuchter gleich hier neben diese Vase hin. Wie schade, dass wir kein Pendant haben! Furchtbar schade! Nun leben Sie wohl, Herr Doktor!«

Als Sascha fort war, betrachtete der Doktor lange den Armleuchter, kratzte sich hinterm Ohr und überlegte. – Das Ding ist sehr schön, das ist keine Frage, – dachte er sich: – Es wäre schade, es wegzuwerfen ... Aber behalten kann ich es auch nicht ... Hm' ... Eine schwierige Frage! Wem könnte ich es nur schenken oder stiften? –

Nach langem Überlegen erinnerte er sich seines guten Freundes, des Advokaten Uchow, dem er noch etwas für einen Prozess schuldete.

– Ausgezeichnet! – sagte sich der Doktor. – Als guter Freund wird er sich genieren, von mir für seine Mühe Geld zu nehmen; es wird sich also sehr gut machen, wenn ich ihm das Ding schenke. Ich bringe ihm mal diesen teuflischen Gegenstand hin! Außerdem ist er Junggeselle und leichtsinnig ... –

Ohne die Sache aufzuschieben, zog sich der Doktor an, nahm den Armleuchter und fuhr mit ihm zu Uchow.

»Guten Tag, lieber Freund!«, sagte er zum Advokaten, den er zu Hause antraf. »Ich komme zu dir ... um mich bei dir für deine Mühe zu bedanken ... Geld willst du von mir nicht nehmen, also nimm diesen Gegenstand ... hier, mein Lieber ... Das Ding ist fabelhaft!«

Der Advokat geriet beim Anblick des Gegenstandes in helle Begeisterung.

»Ist das ein Ding!«, rief er lachend. »Hol's der Teufel, wie sie nur so was erfinden können! Prachtvoll! Wunderbar! Wo hast du diese Herrlichkeit her?«

Nach diesem Erguss von Begeisterung schielte der Advokat nach der Türe und sagte:

»Nimm nur dein Geschenk wieder mit, mein Bester. Ich kann es nicht annehmen ...«

»Warum?«, rief der Doktor erschrocken.

»Weil ... weil mich hier meine Mutter besucht, ich empfange hier meine Klienten ... Auch muss ich mich vor den Dienstboten schämen.«

»Nein, nein, nein ... du darfst das Geschenk nicht ausschlagen!«, sagte der Doktor, mit den Händen fuchtelnd. »Das wäre eine Schweinerei von dir! Der Gegenstand ist von künstlerischem Wert ... soviel Bewegung ... Ausdruck ... Ich will darüber gar nicht reden! Das wäre eine Kränkung für mich!«

Wenn es wenigstens verdeckt wäre, oder wenn sie Feigenblätter vorhätten ...«

Der Doktor fuchtelte aber noch aufgeregter mit den Händen, verließ schnell die Wohnung Uchows und fuhr, hocherfreut darüber, dass er den Gegenstand angebracht halte, nach Hause ...

Als er weg war, betrachtete der Advokat den Armleuchter, betastete ihn von allen Seiten mit den Fingern und zerbrach sich, gleich dem Doktor, lange den Kopf, was mit ihm anzufangen wäre.

– Es ist ein Prachtstück, – sagte er sich: – es wäre schade, es wegzuwerfen, aber ich kann es auch nicht behalten ... das Beste wäre, – es jemandem zu schenken ... Halt! Ich schenke diesen Armleuchter heute Abend dem Komiker Schaschkin. Der Kerl liebt solche Sachen, außerdem hat er heute Benefiz... –

Gesagt – getan. Am Abend wurde der sorgfältig verpackte Armleuchter dem Komiker Schaschkin überreicht. Den ganzen Abend drängten sich in der Garderobe Schaschkins die Männer, die sich das Geschenk ansehen wollten; die ganze Zeit tönte in der Garderobe ein begeistertes Gemurmel und ein Lachen, das wie Gewieher klang. Wenn eine der Schauspielerinnen anklopfte und fragte: »Darf ich?«, so ertönte sofort die heisere Stimme des Komikers:

»Nein, nein, Mütterchen! Ich bin nicht angezogen!«

Nach der Vorstellung zuckte der Komiker die Achseln, spreizte die Hände und sagte:

»Wo tu ich diesen Dreck hin? Ich wohne ja privat! Mich besuchen auch Schauspielerinnen! Das ist doch keine Fotografie, die man in die Tischlade stecken kann!«

»Verkaufen Sie ihn doch, Herr,« riet ihm der Theaterfriseur, der dem Komiker beim Auskleiden half. »Hier wohnt in der Vorstadt eine Alte, die antike Bronzen kauft ... Fahren Sie hin und fragen Sie nach der Smirnowa ... Ein jeder kennt sie.«

Der Komiker folgte dem Rat ... Zwei Tage später saß Doktor Koscheljkow in seinem Sprechzimmer und dachte, den einen Finger an die Stirn gedrückt, an die Gallensäuren. Plötzlich ging die Tür auf, und herein stürzte Sascha Smirnow. Er lächelte, und sein ganzes Gesicht strahlte vor Glück. In den Händen trug er etwas, das in eine Zeitung eingewickelt war.

»Herr Doktor!«, begann er keuchend. »Denken Sie sich nur, diese Freude! Sie haben Glück! Es gelang uns, ein Pendant zu Ihrem Armleuchter aufzutreiben! ... Mama ist so glücklich ... Ich bin der einzige Sohn meiner Mutter ... Sie haben mir das Leben gerettet.«

Und Sascha stellte, vor Dankbarkeit zitternd, vor dem Doktor den Armleuchter hin. Der Doktor machte den Mund auf, um etwas zu sagen, sagte aber nichts: Er hatte die Sprache verloren.

Mnemotechnik [18]

Der Salon des Staatsrats Scharamykin ist in ein angenehmes Halbdunkel gehüllt. Die große Bronzelampe mit dem grünen Schirm verleiht allem, den Wänden, den Möbeln und den Gesichtern den grünlichen Schimmer einer Nacht im Süden. Ab und zu flammt im erlöschenden Kamin ein glimmendes Holzscheit auf, und für einen Augenblick werden die Gesichter in rote Glut getaucht; aber das verdirbt die allgemeine Harmonie der Farben nicht ... Im Ganzen ist, wie Maler zu sagen pflegen, die Stimmung durchgeführt.

Im Lehnstuhl vor dem Kamin sitzt wie ein Mensch, der eben zu Mittag gespeist hat, Scharamykin selbst, ein solider Herr mit grauem Bürokratenbart und sanften, blauen Augen; neben ihm liegt auf einem niedrigen Sessel, die Füße dem Feuer zugestreckt, der Vice-Gouverneur Lopnew, ein starker Mann von ungefähr vierzig Jahren, und rekelt sich faul. Beim Klavier spielen Scharamykins Kinder: Nina, Kolja, Nadja und Wanja. Aus der etwas geöffneten Tür, die zum Boudoir von Frau Scharamykina führt, fällt ein schwacher Lichtschein. Dort sitzt an ihrem Schreibtisch Scharamykins Gemahlin, Anna Pawlowna, die Vorsitzende des örtlichen Damenkomitees, eine lebhafte und pikante Dame von etwas über dreißig Jahren. Der Blick ihrer schwarzen glänzenden Augen gleitet durch das Pincenez hindurch über die Seiten eines französischen Romans. Unter dem Roman liegt ein zerzauster Komiteebericht vom vorigen Jahr.

»Früher war unsere Stadt in dieser Hinsicht glücklicher,« meinte Scharamykin, mit seinen sanften Augen in die glimmenden Kohlen blinzelnd, »kein Winter verging, ohne dass uns irgendein Stern besuchte. Es kamen berühmte Schauspieler, Sänger, während jetzt ... weiß der Teufel, außer Taschenspielern und

---

[18] Übersetzt von Wladimir Czumikow.

Orgeldrehern sich kein Mensch mehr zeigt. Es gibt gar keinen ästhetischen Genuss mehr ... Man lebt wie im Walde ... Jawohl ... Erinnern sich Exzellenz noch des italienischen Tragöden ... wie hieß er doch gleich? ... so ein langer, schwarzer ... na, mein Gedächtnis ... Ach ja! Luigi Ernesto de Rugiero ... Ein wunderbares Talent ... Eine Kraft ... Wenn er nur ein Wort sprach, bebte das ganze Theater. Meine Anjuta interessierte sich sehr für sein Talent. Sie verschaffte ihm das Theater, verkaufte ihm die Billetts für zehn Vorstellungen ... Er gab ihr dafür Unterricht in Deklamation und Mimik. Ein prachtvoller Mensch. Er war bei uns ... dass ich mich nicht irre ... ungefähr vor zwölf Jahren ... Nein, was sage ich ... Weniger, vor zehn Jahren ... Anjuta, wie alt ist unsere Nina«

»Neun Jahre!«, ruft aus ihrem Boudoir Anna Pawlowna. »Wieso?«

»Nichts, Mütterchen, nur so ... Auch treffliche Sänger gab es damals ... Erinnern Sie sich des tenore di grazia Priliptschina? Was für ein Prachtmensch! Allein sein Äußeres! Blond ... so ein ausdrucksvolles Gesicht, Pariser Manieren ... Und was für eine Stimme, Exzellenz! Einen Fehler nur hatte er: Ein paar Noten sang er mit der Magenstimme und das hohe C nahm er mit der Fistel, sonst aber vorzüglich! Bei Tamberlik soll er gelernt haben ... Annette und ich, wir hatten ihm den Klubsaal verschafft, und zum Dank dafür sang er bei uns ganze Abende und Nächte hindurch ... Anjuta nahm Unterricht bei ihm ... Er war hier, ich erinnere mich genau, während der großen Fasten, vor zwölf Jahren. Nein, mehr ... Ist das ein Gedächtnis, mein Gott! Anjuta, wie alt ist unsere Nadja?«

»Zwölf!«

»Zwölf ... wenn man zehn Monate hinzu rechnet ... Nun, natürlich ... dreizehn! ... Früher war in unserer Stadt mehr Leben ... Nehmen wir zum Beispiel die Wohltätigkeitsabende. Was für prächtige Abende hatten wir früher! Wundervoll! Es wurde gesungen, gespielt, gelesen ... Ich weiß, nach dem Kriege, als hier die gefangenen Türken stationierten, veranstaltete Anjuta einen Abend zum Besten der Verwundeten. Tausendeinhundert Rubel wurden eingenommen ... Die türkischen Offiziere waren, weiß ich, ganz weg von Anjutas Stimme und küssten ihr immerfort die Hand. Ha, ha ... Sind zwar Asiaten, aber doch eine liebenswürdige Nation. Der Abend war so gelungen, dass ich ihn, glauben Sie mir, in meinem Tagebuch notiert habe. Das war ... das war achtzehnhundertsechsundsiebzig ... nein! Siebenundsiebzig ... Nein. Erlauben Sie, wann waren die Türken bei uns? Anjuta, wie alt ist unser Kolja?«

»Ich bin sieben Jahre, Papa!«, antwortete Kolja, ein brünetter Junge mit dunklem Gesicht und kohlschwarzem Haar.

»Ja, man ist alt geworden und hat keine Energie mehr! stimmt Lopnew seufzend bei. – »Das ist der Grund ... Das Alter, mein Bester! Neue Arrangeure gibt's nicht, und die alten sind alt geworden ... 's ist kein Feuer mehr! Ich, als ich jünger war, konnte es nicht ansehen, wenn die Gesellschaft sich langweilte ... Ich war der erste Gehilfe Ihrer Frau Gemahlin ... Galt es einen Abend zu wohltätigem Zweck zu arrangieren oder eine Lotterie oder eine durchreisende Berühmtheit zu unterstützen – ich ließ alles liegen und widmete mich ganz der Sache ... In einem Winter, erinnere ich mich, hatte ich mich so überanstrengt und abgemüht, dass ich sogar krank wurde. Niemals vergesse ich diesen Winter! Erinnern Sie sich an die Liebhabervorstellung, die ich mit Ihrer Frau zusammen zum Besten der Abgebrannten veranstaltete?«

»Ja, in welchem Jahr war denn das?«

»Nicht sehr lange her ... Neunundsiebzig ..., Nein, achtzig, glaube ich! Erlauben Sie, wie alt ist Ihr Wanja?«

»Fünf!«, ruft aus dem Boudoir Anna Pawlowna.

»Nun, dann ist es also sechs Jahre her ... Ja, mein Bester, damals gab's was! Jetzt ist's nichts mehr. Das Feuer fehlt!«

Lopnew und Scharamykin versinken in Gedanken. Das glimmende Scheit lodert zum letzten Male auf. Dann versinkt es in die Asche.

Der Tod des Beamten [19]

Eines schönen Abends saß der Exekutor Iwan Dmitritsch Tscherwjakow im Sperrsitz zweite Reihe und sah sich durchs Opernglas die »Glocken von Corneville« an. Er sah und fühlte sich auf der Höhe des Wohlbehagens. Aber plötzlich ... In den Erzählungen kommt dieses »aber plötzlich« sehr häufig vor, und die Autoren haben recht: Das Leben ist so voll von Plötzlichkeiten! Aber plötzlich verzog sich sein Gesicht, die Augen gingen ihm über, der Atem stockte ... er ließ das Opernglas sinken, beugte sich vor und ... hatschi!!! Er nieste, wie Sie sehen. Niesen darf jedermann und überall. Es niesen Bauern, Polizeiminister, zuweilen sogar Wirkliche Geheimräte. Alle niesen. Tscherwjakow wurde auch durchaus nicht verlegen, sondern zog sein Taschentuch heraus und sah sich als ein höflicher Mensch um, ob er nicht vielleicht jemanden durch sein Niesen beunruhigt habe. Da musste er aber doch verlegen werden. Er sah, dass der alte Herr, der vor ihm in der ersten Reihe saß, etwas murmelte und sich Glatze und Nacken sorgfältig mit dem Handschuh abtrocknete. In dem Alten erkannte er den Zivilgeneral Brisgalow vom Ministerium der Wegekommunikationen.

– Ich habe ihn bespritzt! – dachte Tscherwjakow. – Es ist zwar ein Fremder und nicht mein Vorgesetzter, aber peinlich ist es doch. Ich muss mich entschuldigen.

Tscherwjakow hustete, beugte sich vor und lispelte dem General ins Ohr: »Verzeihung, Ew. Exzellenz, ich habe Sie bespritzt ... unversehens ...«

»Schadet nichts, schadet nichts ...«

»Um Gotteswillen entschuldigen Sie. Ich habe es ... nicht gewollt!«

»Ach, bleiben Sie doch sitzen, bitte, lassen Sie mich zuhören!«

---

[19] Übersetzt von Wladimir Czumikow.

Tscherwjakow wurde wieder verlegen, lächelte blöde und sah auf die Bühne. Er schaute wohl hin, aber mit dem Wohlbehagen war's vorbei. Die Unruhe begann ihn zu quälen. Während der Pause trat er an Brisgalow heran, ging etwas neben ihm her und murmelte, seine Schüchternheit überwindend: »Ich habe Ew. Exzellenz bespritzt ... Verzeihen Sie ... Ich wollte ... wollte ...«

»Ach, lassen Sie doch ... Ich habe es schon vergessen und Sie fangen wieder von neuem an!«, sagte der General und zuckte ungeduldig mit der Unterlippe.

– Vergessen! und dabei guckt dir die Bosheit aus den Augen heraus, – dachte Tscherwjakow, den General misstrauisch beobachtend. – Nicht einmal sprechen will er mit einem. Man müsste ihm auseinandersetzen, dass ich es ja gar nicht gewollt habe ... dass das ein Naturgesetz ist ... Sonst denkt er noch, dass ich auf ihn spucken wollte ... Wenn er es auch jetzt nicht denkt, so kann es ihm doch später in den Sinn kommen! ... –

Zu Hause erzählte Tscherwjakow seiner Frau von seiner Unhöflichkeit. Die Frau fasste, wie es ihm schien, das Vorgefallene etwas leichtfertig auf: sie erschrak wohl zuerst, als sie aber hörte, dass Brisgalow »ein Fremder« sei, beruhigte sie sich sogleich.

»Nun, du kannst ja dennoch hingehen und dich entschuldigen,« sagte sie. »Sonst denkt er, dass du dich öffentlich nicht aufzuführen verstehst.«

»Das ist es ja eben! Ich habe mich entschuldigt, er war aber so sonderbar ... Nicht ein ordentliches Wort. Es war ja auch keine Zeit zum Reden.«

Am andern Tage zog Tscherwjakow seine neueste Uniform an, frisierte sich und ging zu Brisgalow, um ihm zu erklären ... Im Empfangszimmer des Generals sah er viele Bittsteller und auch den General selbst, der mit der Entgegennahme von Gesuchen schon begonnen hatte. Nachdem der General einige der Bittsteller befragt hatte, hob er den Blick und sah Tscherwjakow.

»Gestern im Arkadia-Theater, wenn Ew. Exzellenz sich entsinnen,« rapportierte der Exekutor, »nieste ich und ... bespritzte unversehens ... Ew. Exzellenz verz...«

»Was für ein Unsinn ... Gott weiß was für ein Zeugs! Sie belieben?«, wandte sich der General an den nächsten Bittsteller.

– Nicht einmal sprechen will er mit mir! – dachte Tscherwjakow erbleichend. – Er ist also böse ... Nein, das kann ich so nicht lassen ... Ich muss ihm erklären ... –

Als der General den letzten Bittsteller entlassen hatte und sich in die inneren Gemächer begeben wollte, ging ihm Tscherwjakow nach und murmelte:

»Exzellenz! Wenn ich es wage, Ew. Exzellenz zu belästigen, so veranlasst mich dazu nur das Gefühl der Reue! ... Ich habe es, wie Sie selbst wissen, nicht mit Absicht getan!«

Der General machte ein weinerliches Gesicht.

»Sie wollen mich einfach zum Besten halten, mein Herr!«, sagte er, in der Tür verschwindend.

– Zum Besten halten? dachte Tscherwjakow. – Ja, wieso denn? Ein General, und kann eine so einfache Sache nicht begreifen! Übrigens, wenn er so hochnäsig ist, werde ich mich auch nicht mehr bei ihm entschuldigen. Hol' ihn der Teufel! Ich werde ihm einen Brief schreiben, aber hin gehe ich nicht mehr! Bei Gott nicht!«

So dachte Tscherwjakow auf dem Wege nach Hause. Den Brief an den General schrieb er nicht. Er grübelte, grübelte und konnte ihn nicht ausgrübeln. So musste er am andern Tage doch hingehen, um seine Erklärung persönlich abzugeben.

»Ich habe gestern Ew. Exzellenz belästigt,« stammelte er, als der General ihn fragend anblickte, »nicht um Ew. Exzellenz auszulachen, wie Sie zu sagen beliebten. Ich entschuldige mich, weil ich geniest habe und Sie bespritzt ... Zu lachen aber dachte ich nicht. Wie dürfte ich auch lachen? Wenn wir lachen würden, wo bliebe dann der Respekt vor den hohen Personen ...«

»Machen Sie, dass Sie hinauskommen!!«, brüllte plötzlich der General, blau werdend und am ganzen Körper bebend.

»Wie?«, stammelte leise und von Schreck vergehend Tscherwjakow.

»Pack dich hinaus!!«, wiederholte der General und stampfte mit den Füßen.

Im Magen bei Tscherwjakow riss etwas. Ohne was zu hören oder zu sehen, retirierte er zur Tür und auf die Straße ... Unbewusst kam er nach Hause, legte sich, ohne die neue Uniform auszuziehen, aufs Sofa und ... starb.

Ja, das Publikum! [20]

»Schluss, ich trinke nicht mehr! ... Keinen Tropfen! Es ist Zeit, vernünftig zu werden. Ich muss arbeiten ... Wenn man sein Gehalt bekommt, so soll man ehrlich, eifrig und gewissenhaft seinen Dienst tun und sich weder Ruhe, noch Schlaf gönnen. Ich muss endlich meinen liederlichen Lebenswandel aufgeben ... Ich habe mir angewöhnt, mein Gehalt umsonst zu beziehen, und das ist nicht schön ... gar nicht schön ...«

Nachdem der Oberschaffner Podtjagin mehrere Ermahnungen dieser Art an sich gerichtet hat, fühlt er sich unaufhaltsam zur Arbeit hingezogen. Es ist nach ein Uhr nachts, er weckt aber die Schaffner und geht mit ihnen durch den Zug, um die Fahrkarten zu kontrollieren.

»Ihre Fahrkarten, bit–te!«, ruft er, lustig mit der Zunge klappernd.

Verschlafene, ins Halbdunkel gehüllte Gestalten fahren zusammen, schütteln die Köpfe und reichen ihm ihre Fahrkarten.

»Ihre Fahrkarte, bit–te!«, wendet sich Podtjagin an einen Passagier der zweiten Klasse, einen hageren Menschen, der sich in einen Pelzmantel und eine Decke gehüllt hat und von mehreren Kissen umgeben ist. »Ihre Fahrkarte, bit–te!«

Der hagere Mensch gibt keine Antwort. Er schläft. Der Oberschaffner berührt seine Schulter und wiederholt ungeduldig:

»Ihre Fahrkarte, bit–te!«

Der Passagier fährt zusammen, öffnet die Augen und blickt Podtjagin entsetzt an.

»Wie? Was? Wer?«

»Ich sage Ihnen doch: Ihre Fahrkarte! Sind Sie so gut!«

»Mein Gott!«, stöhnt der hagere Mensch und verzieht weinerlich das Gesicht. »Du lieber Gott! Ich leide an Rheumatismus ... drei Nächte habe ich nicht geschlafen, habe extra Morphium

---

[20] Übersetzt von Alexander Eliasberg.

eingenommen, um einzuschlafen, und Sie kommen mit Ihren Fahrkarten! Das ist doch grausam, unmenschlich! Wenn Sie wüssten, wie schwer es mir ist, wieder einzuschlafen, so würden Sie mich nicht mit diesem Blödsinn behelligen ... Es ist grausam und unnütz! Was brauchen Sie plötzlich meine Fahrkarte? So dumm!«

Podtjagin überlegt sich, ob er sich verletzt fühlen soll oder nicht, und entschließt sich für das Erstere.

»Schreien Sie bitte nicht! Hier ist kein Wirtshaus!«, sagt er.

»Im Wirtshause sind die Leute viel menschlicher ...« sagt der Passagier hustend. »Jetzt muss ich zum zweiten Mal einschlafen! Es ist doch merkwürdig: Das ganze Ausland habe ich bereist, und kein Mensch hat von mir meine Fahrkarte verlangt; hier aber kommen sie jeden Augenblick, wie wenn der Teufel sie stieße! ...«

»Fahren Sie dann ins Ausland, wenn es Ihnen so gut gefällt!«

»Es ist dumm, verehrter Herr! Jawohl! Es genügt ihnen nicht, dass sie die Passagiere durch Kohlendunst, Hitze und Zugluft halb hinmorden, sie müssen sie auch noch mit allen diesen Formalitäten plagen. Meine Fahrkarte braucht er plötzlich! Gott, welch ein Eifer! Wenn es doch der Kontrolle wegen wäre, aber der halbe Zug fährt ohne Fahrkarten!«

»Hören Sie mal, Herr!«, braust Podtjagin auf. »Wenn Sie nicht aufhören, zu schreien und das Publikum zu belästigen, so muss ich Sie auf der nächsten Station aus dem Zuge weisen und über Ihr Benehmen ein Protokoll aufnehmen!«

»Es ist empörend!«, schimpft das Publikum. »Wie er dem kranken Menschen zusetzt! Hören Sie mal, man muss doch Rücksicht nehmen!«

»Der Herr schimpft aber selbst!«, entgegnet Podtjagin feige. »Gut, ich verzichte auf seine Fahrkarte ... Ganz wie Sie wünschen ... Aber Sie wissen doch, dass das meine Pflicht ist ... Wenn es die Dienstinstruktion nicht verlangte, dann natürlich ... Sie können sogar den Stationschef fragen ... Sie dürfen jeden fragen ...«

Podtjagin zuckt die Achseln und lässt den Kranken in Ruhe. Anfangs fühlt er sich gekränkt und herabgesetzt, nachdem er aber durch weitere zwei Wagen gegangen ist, beginnt er in seiner Oberschaffnerbrust etwas wie Gewissensbisse zu spüren.

– Wirklich, ich hätte den Kranken nicht wecken sollen, – denkt er sich. – Es ist übrigens nicht meine Schuld … Die Leute glauben, dass ich es zum Zeitvertreib tue, sie wissen nicht, dass es die Dienstinstruktion verlangt. Wenn sie es nicht glauben, so kann ich ihnen den Stationschef bringen. –

Eine Station. Der Zug hält fünf Minuten. Vor dem dritten Glockenzeichen kommt in den erwähnten Wagen zweiter Klasse Podtjagin. Ihm folgt der Stationschef in roter Mütze.

»Hier dieser Herr«, beginnt Podtjagin, »sagt, ich hätte kein Recht, die Fahrkarten zu verlangen, und … und nimmt es mir übel. Ich bitte Sie, Herr Stationschef, erklären Sie dem Herrn, ob ich die Fahrkarten nach der Dienstinstruktion verlange oder bloß so. – Herr!«, wendet sich Podtjagin an den hageren Herrn. »Herr, Sie können den Stationschef fragen, wenn Sie mir es nicht glauben.«

Der Kranke fährt wie von einer Schlange gebissen zusammen, öffnet die Augen, verzieht das Gesicht wie zum Weinen und fällt in die Sofalehne zurück.

»Mein Gott! Ich habe ein zweites Pulver genommen und war eben im Einschlafen, und da kommt er schon wieder! Ich beschwöre Sie, haben Sie doch ein Einsehen!«

»Sie können sich mit dem Herrn Stationschef auseinandersetzen, ob ich das Recht habe, die Fahrkarte zu verlangen oder nicht!«

»Es ist nicht zum Aushalten: Hier haben Sie meine Fahrkarte! Hier! Ich will noch fünf Fahrkarten kaufen, lassen Sie mich aber in Ruhe sterben! Waren Sie denn selbst niemals krank? So gefühllose Menschen …«

»Das ist ja eine Verhöhnung!«, protestiert ein Herr in Militäruniform. »Anders kann ich diese Belästigung gar nicht auffassen!«

»Hören Sie auf ...« sagt der Stationschef mit einer Grimasse, Podtjagin am Aermel zupfend.

Podtjagin zuckt die Achseln und entfernt sich langsam mit dem Stationschef.

– Wie soll man es ihnen recht machen! – sagt er sich ratlos. – Ich habe doch den Stationschef eigens für ihn hergebracht, damit er es begreift und sich beruhigt, er aber fängt zu schimpfen an. –

Eine andere Station. Zehn Minuten Aufenthalt. Vor dem zweiten Glockenzeichen, als Podtjagin vor dem Büffet steht und Selterwasser trinkt, gehen auf ihn zwei Herren zu, der eine in Ingenieursuniform, der andere in einem Militärmantel.

»Hören Sie mal, Oberschaffner!«, wendet sich der Ingenieur an Podtjagin. »Ihr Benehmen gegen den kranken Fahrgast hat alle, die es gesehen haben, empört. Ich bin der Ingenieur Pusitzkij, und das ist der Herr ... Oberst. Wenn Sie den Herrn nicht um Verzeihung bitten, so werden wir uns beim Direktor der Eisenbahn, unserem gemeinsamen Bekannten beschweren.«

»Meine Herren, ich habe doch ... Sie haben ja ...« stottert Podtjagin ganz blöd.

»Wir wollen keine Erklärungen. Doch wir sagen Ihnen gleich: Wenn Sie sich nicht entschuldigen, nehmen wir den Fahrgast unter unseren Schutz.«

»Gut, ich ... ich will mich entschuldigen ... Bitte sehr ...«

Nach einer halben Stunde hat sich Podtjagin eine Entschuldigungsformel zurechtgelegt, die dem Passagier genügen muss, aber auch ihn in seiner Würde nicht herabsetzen wird, und kommt wieder in den Wagen.

»Herr!«, wendet er sich an den Kranken. »Hören Sie mal, Herr!«

Der Kranke fährt zusammen und springt auf.

»Was ist denn?«

»Ich wollte nur ... Nehmen Sie es mir nicht übel ...«

»Ach ... Wasser ...« keucht der Kranke, sich ans Herz greifend. »Eben habe ich das dritte Morphiumpulver genommen, war gerade eingeschlafen, und da kommt er schon wieder! Mein Gott, wann nimmt endlich diese Qual ein Ende! ...«

»Ich ... Entschuldigen Sie ...«

»Hören Sie mal ... Setzen Sie mich auf der nächsten Station an die Luft ... Länger kann ich es nicht ertragen ... Ich ... sterbe ...«

»Das ist gemein, das ist niederträchtig!«, empört sich das Publikum. »Scheren Sie sich von hier! Sie werden für diese Verhöhnung schon büßen! Hinaus!«

Podtjagin winkt ratlos mit der Hand, seufzt und verlässt den Wagen. Er geht ins Dienstabteil, setzt sich ganz erschöpft vor den Tisch und jammert:

– Ja, dieses Publikum! Wie soll man es ihnen recht machen! Da soll man sich noch abmühen und ordentlich seinen Dienst tun! Beim besten Willen spuckt man doch schließlich auf alles und fängt zu trinken an ... Wenn man nichts tut, so schimpfen sie, und wenn man seine Pflicht tut, so schimpfen sie wieder ... Also trinken wir eins! –

Podtjagin trinkt auf einen Zug eine halbe Flasche Schnaps und denkt nicht mehr an den Dienst, an die Pflicht und an die Ehrlichkeit.

Starker Tobak [21]

Der Geometer Gleb Gawrilowitsch Smirnow war auf der Station Gniluschki ausgestiegen. Bis zu dem Gut, auf dem er eine Vermessung vornehmen sollte, hatte er noch dreißig bis vierzig Werst zu Wagen zurückzulegen.

»Sagen Sie, bitte, wo kann ich hier Postpferde bekommen?«, wandte sich der Geometer an den Stationsgendarmen.

»Postpferde? Hier findet man auf hundert Werst im Umkreis keinen gescheiten Hund, und Sie fragen nach Postpferden ... Wohin wollen Sie denn?«

»Nach Dewkino, zum General Chochotow!«

»Ja ...« gähnte der Gendarm. »Schauen Sie mal hinter die Station. Auf dem Hofe stehen zuweilen Bauern, die Passagiere mitnehmen.« Der Geometer seufzte und lenkte seine Schritte hinter das Stationsgebäude. Dort fand er nach vielem Suchen und Herumfragen einen grobknochigen, verdrießlichen, pockennarbigen Bauern in zerrissenem Kittel und Bastschuhen.

»Weiß der Teufel, was du für einen Wagen hast!«, brummte der Geometer und kletterte in den Wagen, »man weiß ja nicht, wo da vorn und hinten ist.«

»Was braucht man das zu wissen? Wo das Pferd seinen Schwanz hat, ist vorn, und wo Euer Gnaden sitzen – hinten ...«

Das Pferd war nicht alt, aber mager und hatte X-Beine und ausgefranste Ohren. Als der Bauer sich erhob und ihm mit der Schnurpeitsche eins überzog, schüttelte es nur den Kopf, als er aber noch einmal schlug und zu schimpfen anfing, gab der Wagen einen quiekenden Ton von sich und begann wie im Fieber zu zittern. Nach dem dritten Hieb kam der Wagen ins Schwanken, und nach dem vierten bewegte er sich von der Stelle.

»Wird das so den ganzen Weg weitergehen?«, fragte der Geometer und staunte in seinem Innern über die Fähigkeit der rus-

---

[21] Übersetzt von Wladimir Czumikow.

sischen Fuhrleute, das langsamste Schneckentempo mit dem größten Gerüttel zu verbinden.

»Werden schon hinkommen!«, beruhigte ihn der Fuhrmann, »'s ist 'ne schöne, junge Stute ... Ist sie mal erst im Laufen drin, kann man sie kaum halten ... No-o-o, verdammtes ....«

Als der Wagen die Station verließ, neigte sich schon der Tag. Rechts zog sich eine dunkle, hart gefrorene Ebene, unendlich und grenzenlos. Wollte man dort hinausfahren, so würde man wer weiß wo hingeraten. Am Horizont, wo sie verschwand und sich mit dem Himmel vereinigte, verglühte langsam und kalt der herbstliche Abend. Links vom Wege hoben sich in das hereinbrechende Dunkel unbestimmbare Gegenstände, vielleicht waren es vorjährige Heuschober, vielleicht ein Dorf. Was vor ihm war, konnte der Geometer nicht sehen, denn von dieser Seite wurde das ganze Gesichtsfeld durch den breiten, plumpen Rücken des Fuhrmanns verdeckt ... Es war still, aber kalt und frostig.

– Ist das hier aber eine Wildnis! – dachte der Geometer und zog den Mantelkragen über die Ohren. – Weder Haus noch Hof. Wenn hier einer überfallen und ausgeraubt würde, könnte er mit Kanonen schießen und kein Hahn krähte danach ... Auch der Fuhrmann kommt mir nicht gerade vertrauenerweckend vor ... Was für ein Rücken! Solch ein Naturkind braucht einen nur mit dem Finger zu stoßen, dann ist man tot wie eine Fliege! Auch seine Fratze ist verdächtig. –

»Du, mein Bester,« fragte der Geometer, »wie heißt du denn?«

»Ich? Klim.«

»Hör' mal, Klim, wie ist's denn bei euch hier? Nicht gefährlich? Kommt zuweilen so was vor?«

»Nein, Gott behüte ... Wer soll denn was machen?«

»Na, das ist gut ... Aber für alle Fälle hab' ich doch drei Revolver mitgenommen,« log der Geometer. »Mit einem Revolver, weißt du, ist nicht zu spaßen. Mit zehn Räubern wird man fertig, wie nichts ...«

Es wurde dunkel. Der Wagen gab plötzlich einen winselnden Ton voll sich, kreischte auf, erbebte und bog, gleichsam gegen seinen Willen, nach rechts ein.

– Wohin fährt er mich denn? dachte der Geometer. Die ganze Zeit fuhr er geradeaus, und jetzt plötzlich nach rechts. Was, wenn er mich am Ende in irgendeinen Busch hineinfährt und ... und ... Es kommen Fälle genug vor! »Höre mal,« wandte er sich an den Fuhrmann, »also du sagst, dass es hier nicht gefährlich ist? Hm, schade ..... Ich hab' es gern, mich mit Räubern herumzuschlagen ... Dem Ansehen nach bin ich mager und schwächlich, Kräfte habe ich aber wie ein Stier ... Einmal überfielen mich drei Räuber ... Und, was meinst du? Dem einen gab ich so eins, dass ... dass er, verstehst du, seinen Geist aufgab, die beiden andern aber mussten meinetwegen nach Sibirien zur Zwangsarbeit ... Wo ich solch eine Kraft hernehme, weiß ich selbst nicht ... Mit einer Hand pack ich so 'nen Bombenkerl, wie dich zum Beispiel, und ... und runter mit ihm.«

Klim schaute sich nach dem Geometer um, zwinkerte mit dem ganzen Gesicht und hieb aufs Pferd los.

»Ja, mein Bester,« fuhr der Geometer fort, »Gott schütze jeden davor, in meine Hände zu kommen. Nicht nur, dass so ein Räuber kein gesundes Glied behält, auch vors Gericht kommt er ... Ich kenne alle Richter und Polizeimeister. Ich bin eine Amtsperson und bedeute was ... Jetzt, zum Beispiel, fahre ich hier, die Obrigkeit aber weiß davon ... alles passt auf, dass mir nichts Schlimmes passiert ... Überall am Wege, hinter jedem Strauch sitzen Gendarmen und Polizisten ... Ha-a-alt!«, brüllte plötzlich der Geometer, »wo bist du denn hineingefahren?! Wo fährst du mich hin?«

»Sehen Sie denn nicht? Es ist ein Wald!«

– Allerdings, ein Wald ... – dachte der Geometer. Hab' ich aber einen Schreck gekriegt! Übrigens darf ich meine Aufregung nicht sehen lassen ... Er hat es schon gemerkt, dass ich Angst habe ... Warum er sich wohl so häufig nach mir umsieht? Entschieden hat er was vor ... Zuerst kam er kaum vorwärts, und jetzt jagt er mit einem Male! –

»Hör' doch, Klim, warum treibst du das Pferd so?«

»Ich treibe es nicht. Es ist von selbst ins Laufen gekommen ... Wenn es mal losgeht, kann man es auf keine Weise mehr zurückhalten. Ich glaube, es ist selbst nicht froh, dass es solche Beine hat!«

»Du lügst, lieber Freund! Ich sehe, dass du lügst! Aber ich rate dir, lieber nicht so schnell zu fahren ... Halt mal das Pferd an ... Hörst du? Halt es zurück!«

»Ja, wozu denn?«

»Dazu ... darum, weil von der Station mir noch vier Kollegen nachkommen sollen. Sie müssen uns einholen ... Hier in diesem Walde haben wir abgemacht, uns zu treffen ... Mit ihnen zusammen wird es gemütlicher zu fahren sein ... Alles gesunde, stämmige Kerle ... jeder hat eine Pistole ... Was kehrst du dich denn immer um und drehst dich wie ein Kreisel? He? Ich, mein Bester, ich ... Nach mir brauchst du dich nicht umzusehen ... an mir ist nichts Interessantes ... Höchstens vielleicht die Pistolen ... Gut, wenn du willst, kann ich sie herausnehmen und dir zeigen ... Bitte ...«

Der Geometer tat, als suche er in seinen Taschen, und in diesem Augenblick geschah das, was er bei all seiner Furchtsamkeit nicht erwartet hätte ... Klim stürzte sich plötzlich aus dem Wagen und lief auf allen Vieren ins Dickicht.

»Hilfe!«, brüllte er, »Hilfe! Du Verfluchter, nimm das Pferd und den Wagen, lass mich nur am Leben! Hilfe!«

Man vernahm rasche, sich entfernende Schritte, das Knacken des Reisigs – und alles wurde still ... Der Geometer, der einen solchen Verlauf nicht erwartet hatte, hielt zuerst das Pferd an, setzte sich dann im Wagen bequemer zurecht und begann zu denken ...

– Weggelaufen, Furcht hat er, der Narr ... Was soll ich denn jetzt anfangen? Allein kann ich nicht weiterfahren, erstens, weil ich den Weg nicht kenne, und zweitens, weil man am Ende noch glauben würde, dass ich ihm das Pferd gestohlen habe ... Was nun also? »Klim! Klim!«

»Klim!«, antwortete das Echo.

Der Gedanke, dass er vielleicht die ganze Nacht in der Kälte im Walde verbringen müsste, wo er nur das Geheul der Wölfe, das Echo und das Schnaufen des Pferdes hörte, überrieselte kalt den Rücken des Geometers.

»Klim, lieber Klim!«, rief er, »wo bist du nur, bester Klim?«

Fast zwei Stunden lang schrie der Geometer, und erst, als er heiser geworden war und sich mit dem Gedanken vertraut gemacht hatte, die Nacht im Walde zuzubringen, trug ein schwacher Windstoß ein leises Stöhnen an seine Ohren.

»Klim! Bist du das, mein Freund? So komm doch!«

»Du ... du schlägst mich tot!«

»Aber ich habe doch nur Spaß gemacht, mein Bester! Ich habe, bei Gott, nur gescherzt! Ich habe ja gar keine Pistolen! Nur aus Furcht habe ich es dir weisgemacht! Sei doch so gut komm und wollen wir fahren! Hier ist's so kalt!«

Klim, der sich wahrscheinlich zurechtgelegt hatte, dass ein wirklicher Räuber schon lange mit Pferd und Wagen davon wäre, kam aus dem Walde heraus und trat zögernd an sein Gefährt heran.

»Wie kannst du Schafskopf denn so erschrecken? Ich ... ich habe nur Spaß gemacht, und du erschrickst gleich ... Steig auf!«

»Gott behüte mich, Herr ...« brummte Klim, als er in den Wagen stieg, »hätt' ich das gewusst, ich wäre mit Ihnen nicht für hundert Rubel gefahren. Ich bin vor Angst beinahe gestorben ...«

Klim hieb wieder aufs Pferd los ... Der Wagen erbebte ... Klim hieb noch einmal, und der Wagen schwankte ... Als nach dem vierten Schlag der Wagen sich in Bewegung setzte, schlug der Geometer den Mantelkragen über die Ohren und verfiel in Gedanken. Klim und der Weg kamen ihm jetzt nicht mehr so lebensgefährlich vor.

Ein Chamäleon [22]

Über den Marktplatz geht der Revieraufseher Otschumjelow im neuen Uniformmantel mit einem Bündel in der Hand. Hinter ihm schreitet ein rothaariger Schutzmann mit einem Sieb, das bis an den Rand mit konfiszierten Stachelbeeren angefüllt ist. Ringsum ist es still ... Auf dem Platze ist keine Seele zu sehen ... Die offenen Türen der Kaufläden und der Branntweinschenken blicken in die Welt so traurig, wie hungrige Mäuler; vor ihnen sind sogar keine Bettler zu sehen.

»Du beißt, verdammtes Vieh!«, hörte plötzlich Otschumjelow. »Kinder, das darf man nicht dulden! Heut wird nicht mehr gebissen! Haltet ihn!«

Es ertönt Hundegewinsel. Otschumjelow blickt auf die Seite und sieht: Aus dem Holzlager des Kaufmanns Pitschugin läuft ein Hund; er hüpft auf drei Beinen und blickt immer zurück. Ihn verfolgt ein Mann in gestärktem Kattunhemd und offener Weste. Er rennt, den Oberkörper vorgeneigt, fällt hin und packt den Hund bei den Hinterpfoten. Man hört zum zweiten Mal das Winseln und den Schrei: »Lass ihn nicht los!« Aus den Läden zeigen sich verschlafene Gesichter, und vor dem Holzlager sammelt sich, wie aus der Erde gestampft, eine Menschenmenge.

»Ich glaub', es gibt einen Skandal, Euer Wohlgeboren! ...« sagt der Schutzmann.

Otschumjelow macht halb links kehrt und steuert auf die Ansammlung los. Vor dem Tore des Holzlagers steht der schon erwähnte Mann in offener Weste; er hält den rechten Arm erhoben und zeigt der Menge einen blutenden Finger. In seinem halb betrunkenen Gesicht kann man lesen: »Das wirst du mir ordentlich bezahlen müssen!« und auch der Finger selbst sieht wie eine Siegestrophäe aus. In diesem Mann erkennt Otschumjelow den Goldschmied Chrjukin. Im Zentrum der Menschen-

---

[22] Übersetzt von Alexander Eliasberg.

ansammlung sitzt, die Vorderbeine gespreizt und am ganzen Leibe zitternd, der Urheber des Skandals – ein junger weißer Windhund mit spitzer Schnauze und einem gelben Fleck auf dem Rücken. Seine tränenden Augen drücken Kummer und Entsetzen aus.

»Was gibt's da?«, fragt Otschumjelow, mitten in die Menge eindringend. »Was ist los? Warum zeigst du den Finger? Wer hat geschrien?«

»Ich gehe, Euer Wohlgeboren, meinen Weg und rühre keinen Menschen an ...« beginnt Chrjukin, in die hohle Hand hüstelnd. »Ich rede mit Mitrij Mitrijitsch wegen Holz, und plötzlich packt mich dieses gemeine Vieh am Finger ... Sie müssen schon entschuldigen, ich bin Handwerker ... Es ist ein feines Handwerk, das ich betreibe ... Das soll man mir bezahlen, denn ich werde diesen Finger wohl eine ganze Woche nicht rühren können ... Es gibt kein solches Gesetz, Euer Wohlgeboren, dass man sich von einem Vieh so was gefallen lassen muss ... Wenn jeder beißen würde, so könnte man nicht mehr auf der Welt leben ...«

»Hm! .... Schön ...« sagt Otschumjelow. Er hustet streng und bewegt die Brauen. »Schön ... Wessen Hund ist es? Das kann ich nicht so gehen lassen. Ich werde ihnen schon zeigen, Hunde herumlaufen zu lassen! Es ist Zeit, die Herrschaften vorzunehmen, die sich den Vorschriften nicht fügen wollen! Wenn er, der Schurke, eine ordentliche Geldstrafe zudiktiert bekommt, so wird er schon wissen, was so ein Hund und ähnliches herrenloses Vieh bedeutet! Ich werde ihm schon zeigen! ... Jeldyrin!«, wendet sich der Revieraufseher an den Schutzmann: »Erfahre mal, wessen Hund es ist und setze ein Protokoll auf! Den Hund muss man aber vertilgen. Sofort! Er hat sicher die Tollwut ... Wessen Hund ist es, frage ich?«

»Ich glaube, er gehört dem General Schigalow,« sagt jemand aus der Menge,

»Dem General Schigalow? Hm! .... Jeldyrin, hilf mir mal aus dem Mantel ... Es ist so furchtbar heiß! Ich glaube, es kommt ein Regen ... Eines verstehe ich nicht: Wie konnte er dich beißen?«, wendet sich Otschumjelow zu Chrjukin. »Kann er denn zu deinem Finger hinaufreichen? Er ist doch klein, und du bist so ein Mordskerl! Du hast dir wohl den Finger selbst mit einem Nagel aufgekratzt, und dann kam dir der Gedanke, von jemand Geld dafür zu schinden. So ein Volk bist du! Ich kenne euch, ihr Teufel!«

»Er ist ihm mit seiner Zigarette in die Nase gefahren, Euer Wohlgeboren, zum Spaß; der Hund ist aber nicht dumm und schnappt nach ihm ... Er ist ein nichtsnutziger Kerl, Euer Wohlgeboren!«

»Du lügst, Einäugiger! Wenn du es nicht gesehen hast, was brauchst du zu lügen? Sein Wohlgeboren ist ein kluger Mensch und weiß sehr gut, wer lügt und wer auf Ehre und Gewissen wie vor dem Herrn spricht ... Wenn ich aber lüge, so soll es der Friedensrichter entscheiden. Das steht in seinem Gesetzbuch geschrieben ... Heutzutage sind alle Menschen gleich ... Ein Bruder von mir ist Gendarm, wenn ihr es wissen wollt ...«

»Keine Widerrede!«

»Nein, der Hund ist nicht vom General ...« bemerkt tiefsinnig der Schutzmann. »Der General hat keine solchen Hunde. Er hat lauter Hühnerhunde ...«

»Weißt du das bestimmt?«

»Ganz bestimmt, Euer Wohlgeboren ...«

»Das weiß ich auch selbst. Der General hält sich doch nur teure, rassereine Hunde, dieser aber ist, der Teufel weiß was! Hat ein schäbiges Fell, sieht nach nichts aus, ein ganz gemeiner Hund ... Und so einen Hund hält sich jemand?! .... Wo habt ihr euren Verstand? Wenn man einen solchen Hund in Petersburg oder in Moskau aufgegriffen hätte, wisst ihr, was dann geschehen wäre? Man würde gar nicht aufs Gesetz schauen, man würde ihn sofort umbringen! Chrjukin, du bist doch der Geschädigte, also darfst du die Sache nicht so gehen lassen ... Man muss es den Leuten zeigen! Es ist Zeit ...«

»Vielleicht gehört er doch dem General ...« überlegt sich laut der Schutzmann. »Auf der Schnauze steht es ihm nicht geschrieben ... Neulich sah ich beim General auf dem Hofe einen ähnlichen ...«

»Natürlich ist's einer vom General!«, sagt eine Stimme aus der Menge.

»Hm! ... Jeldyrin, hilf mir mal in den Mantel ... es zieht ... Auf einmal hab' ich es so kalt ... Bring' den Hund zum General und erkundige dich dort. Sag', ich hätte ihn gefunden und hingeschickt ... Und sag' auch, man möchte ihn nicht so herumlaufen lassen ... Vielleicht ist's ein wertvoller Hund, und wenn ihm jedes Schwein mit einer Zigarette in die Nase fährt, so kann er leicht Schaden leiden. Der Hund ist ein empfindliches Geschöpf ... Lass deinen Arm hängen, du Narr! Brauchst nicht deinen dummen Finger zu zeigen! Du bist selbst schuld! ...«

»Da geht gerade der Koch vom General, den wollen wir fragen ... He, Prochor! Komm mal her, mein Lieber! Schau mal den Hund an ... Gehört er euch?«

»Was dir nicht einfällt! Solche Hunde haben wir niemals gehabt!«

»Da braucht man nicht viel zu fragen,« sagt Otschumjelow. »Es ist ein herrenloser Hund! Was ist da noch zu reden? Wenn ich mal gesagt habe, dass er herrenlos ist, so ist er herrenlos ... Vertilgen muss man ihn und fertig.«

»Der Hund gehört nicht uns,« sagt Prochor fortfahrend. »Er gehört dem Bruder vom General, der dieser Tage gekommen ist. Unser General mag keine Windhunde. Sein Bruder aber ist Liebhaber davon ...«

»So, der Herr Bruder ist gekommen? Wladimir Iwanowitsch?«, fragt Otschumjelow, und ein Lächeln der Rührung gleitet über sein Gesicht. »Du lieber Gott! Und ich habe es gar nicht gewusst! Ist er zu Besuch gekommen?«

»Zu Besuch ...«

»Du lieber Gott ... Hat sich wohl nach seinem Herrn Bruder gesehnt ... Und ich habe es gar nicht gewusst! So, das ist also sein Hündchen? Freut mich sehr ... Nimm es nur mit ... Das

Hündchen ist ganz nett ... So fix ... Hat gleich nach seinem Finger geschnappt! Ha-ha-ha! .... Was zitterst du denn? Rrr .... Rrr .... Er ist böse, der Schelm ... so ein netter Kerl ...«

Prochor ruft den Hund und entfernt sich mit ihm vom Holzlager ... Die Menge lacht über Chrjukin.

»Du kommst mir noch mal dran!«, droht ihm Otschumjelow. Dann schließt er seinen Mantel und setzt seinen Weg über den Marktplatz fort.

Aus dem Regen in die Traufe [23]

Beim Domchordirigenten Gradussow sitzt der Advokat Kaljakin. Er hält eine an Gradussow adressierte Vorladung zum Friedensrichter in der Hand und spricht:

»Sie mögen sagen, was Sie wollen, Dossifej Petrowitsch, aber Sie sind schuld. Ich achte Sie, ich schätze Ihre Zuneigung, muss Ihnen aber zu meinem Leidwesen sagen, dass Sie im Unrecht waren. Jawohl, im Unrecht. Sie haben meinen Klienten Derewjaschkin beleidigt ... Warum haben Sie ihn beleidigt?«

»Wer hat ihn, zum Teufel, beleidigt?«, ereifert sich Gradussow, ein groß gewachsener Greis mit niedriger, wenig versprechender Stirne, dichten Augenbrauen und einer Bronzemedaille im Knopfloch. »Ich habe ihm nur eine moralische Sittenpredigt gehalten! Man muss doch die Dummköpfe belehren! Wenn man sie nicht belehrt, so lassen sie einen gar nicht leben.«

»Dossifej Petrowitsch, das war keine Belehrung! Sie haben ihn, wie er in seiner Klage erklärt, öffentlich geduzt und einen Esel, einen Schurken und dergleichen genannt ... einmal haben Sie sogar Ihre Hand erhoben, als wollten Sie ihn tätlich beleidigen.«

»Wie soll man ihn nicht schlagen, wenn er es verdient? Das verstehe ich nicht!«

»Begreifen Sie doch, dass Sie gar kein Recht dazu haben!«

»Ich habe kein Recht? Da müssen Sie mich schon entschuldigen ... Das können Sie wem anders erzählen, mir dürfen Sie damit nicht kommen. Nachdem man ihn aus dem bischöflichen Chor hinausgejagt hatte, war er zehn Jahre in meinem Chor angestellt. Ich bin sein Wohltäter, wenn Sie es wissen wollen. Wenn er mir böse ist, weil ich ihn aus meinem Chor hinausgejagt habe, so ist das seine eigene Schuld. Ich habe ihn wegen seiner Philosophie hinausgejagt. Philosophieren darf nur ein gebildeter Mensch, der seine Studien absolviert hat; wenn einer aber ein Dummkopf ist und keine Grütze im Kopfe hat, so soll

---

[23] Übersetzt von Alexander Eliasberg.

er still im Winkel sitzen und schweigen ... Schweigen und hören, was die Klugen sagen. Er aber musste immer etwas dreinreden, der Schafskopf. Wenn wir eine Probe hatten oder bei einer Messe sangen, fing er gleich an, über Bismarck und über alle möglichen Gladstones zu reden. Denken Sie sich nur: Eine Zeitung hat er sich gehalten! Wie viel Ohrfeigen er von mir für den russisch-türkischen Krieg allein bekommen hat, können Sie sich gar nicht vorstellen! Alle andern singen, er aber beugt sich zu den Tenören vor und erzählt ihnen, wie die Unsrigen das türkische Panzerschiff ›Lufti-Dschelil‹ mit Dynamit in die Luft gesprengt haben ... Geht denn das? Es ist natürlich angenehm, dass die Unsrigen gesiegt haben, aber daraus folgt noch nicht, dass man nicht zu singen braucht! Man kann auch nach der Messe darüber sprechen. Mit einem Worte, ein Schwein!«

»Sie haben ihn also auch schon früher beleidigt?!«

»Früher nahm er mir das nicht übel. Er fühlte, dass es zu seinem eigenen Nutzen war, er verstand das! ... Er wusste, dass es eine Sünde ist, einem Älteren und seinem Wohltäter zu widersprechen; seitdem er aber Schreiber an der Polizei geworden ist, da ist er gleich stolz geworden und versteht es nicht mehr. ›Ich bin jetzt‹, sagt er, ›kein Chorsänger mehr, sondern Beamter. Ich werde‹, sagt er, ›Examen ablegen und Kollegien-Registrator werden.‹ ›Also bist du ein Narr,‹ sage ich ihm. ›Wenn du weniger philosophieren und dir öfter die Nase putzen wolltest,‹ sage ich ihm, ›so wäre es besser, als an Titel zu denken. Dir sind‹, sage ich ihm, ›keine Titel eigen, sondern nur Narrheiten.‹ Er aber will gar nicht hören! Nehmen wir diesen Fall, für den er mich beim Friedensrichter verklagt hat. Ist er etwa kein Schuft? Ich sitze im Samoplujewschen Wirtshause mit unserem Kirchenältesten und trinke Tee. Das Wirtshaus ist gesteckt voll, kein einziger Platz ist frei ... Da sehe ich: Er sitzt auch mit seinen Schreibern da und säuft Bier. So ein Geck, hebt die Nase in die Luft, schreit ... fuchtelt mit den Händen ... Ich höre zu: Er spricht über die Cholera ... Was fängt man mit so einem Kerl an? Er philosophiert! Wissen Sie, ich schweige und dulde ... Schwatz nur, denke ich mir, schwatz nur ... Die Zunge hat ja keine Knochen ... Zum Unglück fängt das Orchestrion zu spielen an ... Da kommt er, der Schuft, in Rührung und sagt zu seinen Freunden: ›Trinken wir‹, sagt er, ›für das Gedeihen! Ich bin‹, sagt er, ›ein Sohn meines Vaterlandes und ein Slavophile meiner Heimat! Ich will meine einzige Brust hinopfern! Sollen mir nur alle Feinde entgegentreten! Den möchte ich sehen, der mit mir nicht einverstanden ist!‹ Und haut mit der Faust auf den Tisch! Das hielt ich aber nicht mehr aus ... Ich gehe auf ihn zu und sage ihm ganz höflich: ›Hör' mal, Ossip ... Wenn du, Schwein, nichts verstehst, so rede lieber nicht und schweige. Nur ein gebildeter Mensch darf diskutieren, du sollst dich aber demütigen. Du bist Staub, du bist ein Wurm ...‹ Ich sage ihm ein Wort, und er gibt mir zehn Worte zurück ... So ging es los ... Ich denke natürlich nur an seinen Nutzen, er aber redet aus Dummheit ... Zuletzt fühlte er sich beleidigt und verklagte mich beim Friedensrichter ...«

»Ja,« sagte Kaljakin und seufzte. »Die Sache steht schlimm ... Aus solchem Unsinn ist der Teufel weiß was entstanden. Sie sind Familienvater, ein allgemein geachteter Mann, und nun stehen Sie vor Gericht, es beginnt ein Gerede, Sie kommen in Arrest ... Man muss der Sache ein Ende machen, Dossifej Petrowitsch. Sie haben nur einen Ausweg, mit dem auch Derewjaschkin einverstanden ist. Sie gehen mit mir heute ins Samoplujewsche Gasthaus um sechs Uhr, wo sich dort die Schreiber, Schauspieler und sonstigen Leute versammeln, in deren Gegenwart Sie ihn beleidigt haben, und bitten ihn um Entschuldigung. Dann zieht er seine Klage zurück. Haben Sie es verstanden? Ich glaube, Sie werden darauf eingehen, Dossifej Petrowitsch ... Ich sage das Ihnen als Freund. Sie haben den Derewjaschkin beleidigt und beschämt, vor allen Dingen haben Sie seine so lobenswerten Gefühle in Zweifel gezogen und sogar ... profaniert. Heutzutage geht das nicht. Man muss vorsichtiger sein. In Ihren Worten kann man einen Nebensinn erblicken, der heutzutage, sozusagen, nicht ganz angenehm ist ... Jetzt ist dreiviertel sechs .... Wollen Sie mit mir mitkommen?«

Gradussow schüttelte den Kopf; als ihm aber Kaljakin den »Nebensinn«, den man in seinen Worten erblicken konnte, und die möglichen Folgen davon in grellen Farben schilderte, bekam er Angst und willigte ein.

»Passen Sie auf, entschuldigen Sie sich in aller Form,« belehrte ihn unterwegs der Advokat. »Sie gehen auf ihn zu und sprechen ihn mit ›Sie‹ an ... ›Entschuldigen Sie, ich nehme meine Worte zurück‹ und so weiter.«

Im Gasthause trafen Gradussow und Kaljakin eine große Versammlung an. Hier saßen Kaufleute, Schauspieler, Beamte, Polizeischreiber und sonstiges »gemischtes Publikum«, das sich da in den Abendstunden zu versammeln pflegte, um Tee oder Bier zu trinken. Unter den Schreibern saß auch Derewjaschkin selbst, ein Bursche von unbestimmtem Alter, glatt rasiert, mit großen unbeweglichen Augen, einer platten Nase und so rauen Haaren, dass man bei ihrem Anblick den Wunsch empfand, sich die Stiefel zu putzen ... Sein Gesicht war so glücklich konstruiert, dass man gleich auf den ersten Blick alles erfahren konnte: dass er trinkt, eine Baßstimme hat und dumm ist; doch nicht so dumm, dass er sich nicht für sehr klug hielte. Als er den Chordirigenten eintreten sah, stand er auf und bewegte den Schnurrbart. Die ganze Versammlung, die offenbar auf die öffentliche Beichte vorbereitet war, spitzte die Ohren.

»Hier ... Herr Gradussow ist einverstanden!«, sagte Kaljakin, eintretend.

Der Chordirigent begrüßte indessen den einen und den anderen von seinen Bekannten, putzte sich laut die Nase, errötete und ging auf Derewjaschkin zu.

»Entschuldigen Sie ...« murmelte er, ohne ihn anzublicken, sein Tuch wieder in die Tasche steckend. »Vor der ganzen Gesellschaft nehme ich meine Worte zurück.«

»Ich verzeihe!«, entgegnete Derewjaschkin im Bass. Darauf warf er einen triumphierenden Blick um sich und setzte sich. »Ich bin befriedigt! Herr Advokat, ich ziehe meine Klage zurück!«

»Ich entschuldige mich,« fuhr Gradussow fort. »Verzeihen Sie mir ... Ich mag keine Streitigkeiten ... Wenn du willst, dass ich zu dir ›Sie‹ sage, so will ich es tun ... Wenn du willst, dass ich dich für klug halte, so tue ich auch das ... Mir ist es ganz gleich ... Ich trage nichts nach. Hol' dich der Teufel ...«

»Aber erlauben Sie! Sie sollen sich entschuldigen, und nicht schimpfen!«

»Wie soll ich nicht mich denn noch entschuldigen? Ich entschuldige mich doch! Wenn ich eben ›du‹ gesagt habe, so nur aus Vergesslichkeit. Ich werde doch nicht niederknien ... Ich entschuldige mich und danke sogar Gott, dass du so gescheit warst, die Klage zurückzuziehen. Ich habe keine Zeit, um aufs Gericht zu laufen ... Mein Leben lang habe ich noch nie prozessiert, werde nie prozessieren und rate es auch dir nicht ... d. h. Ihnen ...«

»Gewiss! Wollen Sie nicht zur Feier des Friedensschlusses von San-Stefano etwas trinken?«

»Ich kann auch etwas trinken ... Du bist aber doch ein Schwein, Ossip ... Das sage ich nicht, um dich zu beleidigen, sondern nur so ... beispielsweise ... Du bist eben ein Schwein! Weißt du noch, wie du vor mir auf den Knien herumgerutscht bist, als man dich aus dem bischöflichen Chor hinausgeworfen hatte? Wie? Und du wagst es noch, deinen Wohltäter zu verklagen? Ein Fratz bist du! Schämst du dich denn gar nicht? Meine Herren, schämt er sich denn gar nicht?«

»Erlauben Sie mal! Sie beleidigen mich schon wieder!«

»Was ist denn das für eine Beleidigung? Ich sage dir das nur so, zur Belehrung ... Ich habe mich mit dir ausgesöhnt und sage es zum letzten Mal, dass ich gar nicht daran denke, dich zu beleidigen ... Ich werde mich doch nicht mit dir einlassen, du Teufel, nachdem du mich, deinen Wohltäter, verklagt hast! Hol' dich der Kuckuck! Ich will mit dir überhaupt nicht reden! Und wenn ich dich soeben aus Versehen ein Schwein genannt habe, so bist du eben ein Schwein! Statt für mich, deinen Wohltäter, ewig zu Gott zu beten, weil ich dich zehn Jahre lang ernährt und dir die

Noten beigebracht habe, kommst du mit einer dummen Beleidigungsklage und schickst mir allerlei Teufel von Advokaten an den Hals.«

»Erlauben Sie mal, Dossifej Petrowitsch,« versetzte Kaljakin gekränkt. »Er hat keine Teufel zu Ihnen geschickt, sondern mich. Seien Sie, bitte, vorsichtiger!«

»Meine ich denn Sie? Kommen Sie zu mir nur jeden Tag, Sie sind mir willkommen. Doch ich muss mich wundern, dass Sie, ein gebildeter und studierter Mann, statt diesen Truthahn zu belehren, ihn in Schutz nehmen. An Ihrer Stelle würde ich ihn im Zuchthause verfaulen lassen! Was sind Sie so böse? Was wollen Sie von mir noch? Ich verstehe das wirklich nicht! Meine Herren, Sie können doch bezeugen, dass ich mich entschuldigt habe; ein zweites Mal werde ich mich bei einem solchen Dummkopf doch nicht entschuldigen!«

»Sie sind selbst ein Dummkopf!«, rief Ossip mit heiserer Stimme und schlug sich empört vor die Brust.

»Ich bin ein Dummkopf? Und du wagst mir das zu sagen? ...«

Gradussow wurde über und über rot und begann zu zittern ...

»Du unterstehst dich? Hier hast du es! ... Abgesehen davon, dass ich dir, du Schuft, soeben eine Ohrfeige gegeben habe, werde ich dich auch noch beim Friedensrichter verklagen! Ich will dir zeigen, was es heißt, mich zu beleidigen! Meine Herren, Sie sind Zeugen! Herr Revieraufseher, was stehen Sie da und schauen ruhig zu? Man beleidigt mich, und Sie dulden es? Sie bekommen Ihr Gehalt; wenn es aber gilt, nach der Ordnung zu schauen, so ist das nicht Ihre Sache? Wie? Sie glauben wohl, dass man sich über Sie nicht beschweren kann?«

Der Revieraufseher ging auf Gradussow zu, und nun fing die Geschichte an.

Nach acht Tagen stand Gradussow vor dem Friedensrichter wegen Beleidigung Derewjaschkins, des Advokaten und des Revieraufsehers; in Bezug auf den letzteren lag Amtsehrenbeleidigung vor. Anfangs konnte er gar nicht begreifen, ob er der Kläger oder der Angeklagte sei; als ihn aber der Friedensrichter

»summarisch« zu zwei Monaten Haft verurteilte, lächelte er bitter und brummte:

»Hm ... Man hat mich beleidigt, und ich soll noch sitzen ... Merkwürdig ... Herr Friedensrichter, man muss nach dem Gesetze verfahren und nicht klügeln. Ihre selige Frau Mutter, Warwara Sergejewna pflegte solche Leute wie diesen Ossip da mit Ruten züchtigen zu lassen, und Sie nehmen sie in Schutz ... Wozu soll das führen? Sie sprechen so einen Schelm frei, ein anderer spricht ihn frei ... Bei wem soll man sich dann noch beschweren?«

»Sie können gegen das Urteil innerhalb zwei Wochen Berufung einlegen ... und ich bitte Sie, zu schweigen! Sie dürfen gehen!«

»Natürlich ... Heute kann man vom Gehalt allein nicht leben,« versetzte Gradussow und zwinkerte bedeutungsvoll mit einem Auge. »Wenn man satt werden will, so muss man doch zuweilen auch einen Unschuldigen einsperren ... Ja, ja ... Man kann Ihnen sogar keinen Vorwurf daraus machen ...«

»Wie?!«

»Nichts ... Ich meinte nur so ... Manchmal nimmt man auch ein kleines Geschenk an ... Sie glauben wohl, dass Sie, wenn Sie eine goldene Kette um den Hals hängen haben, vor jedem Gericht gefeit sind? Seien Sie unbesorgt ... Ich werde schon alles aufdecken!«

So entstand ein Prozess wegen Richterbeleidigung; der Dompfarrer nahm sich aber der Sache an, und sie wurde vertuscht.

Als Gradussow an das Kreisgericht appellierte, war er überzeugt, dass man nicht nur ihn freisprechen, sondern auch Ossip ins Zuchthaus sperren würde. Das dachte er sich auch noch während der Verhandlung. Vor dem Gericht benahm er sich versöhnlich und zurückhaltend und sprach kein Wort zu viel. Nur als der Vorsitzende ihm sagte, dass er sich hinsetzen dürfe, fühlte er sich verletzt und fragte:

»Steht es denn im Gesetz geschrieben, dass ein Chordirigent neben einem Chorsänger sitzen soll?«

Und als das Kreisgericht das Urteil des Friedensrichters bestätigte, kniff er die Augen zusammen …

»Wie?«, fragte er. »Wie soll ich das auffassen? Wie meinen Sie das?«

»Das Kreisgericht bestätigt das Urteil des Friedensrichters. Wenn Sie unzufrieden sind, so können Sie an den Senat appellieren.«

»So, so. Ich danke ergebenst, Exzellenz, für die schnelle und gerechte Entscheidung. Vom Gehalt allein kann man natürlich nicht leben, das verstehe ich vollkommen. Aber Sie müssen schon entschuldigen: Wir werden auch ein unbestechliches Gericht finden.«

Wir übergehen hier, was Gradussow noch alles dem Kreisgericht sagte … Jetzt hat er sich wegen Beleidigung des Kreisgerichts zu verantworten und will nichts hören, wenn seine Bekannten ihm zu erklären suchen, dass er schuldig ist … Er ist von seiner Unschuld überzeugt und glaubt, dass man ihm früher oder später für die Aufdeckung der Missbräuche Dank sagen wird.

»Mit diesem Dummkopf kann man nichts anfangen!«, pflegt der Dompfarrer zu sagen und dabei hoffnungslos mit der Hand zu winken. »Er versteht nichts!«

Teure Stunden [24]

Für einen gebildeten Menschen ist das Nichtwissen fremder Sprachen oft sehr störend. Worotow bekam das zu fühlen, als er, nachdem er die Universität mit dem Grade eines Kandidaten absolviert hatte, sich an eine kleine wissenschaftliche Arbeit machte.

»Es ist schrecklich!«, sagte er keuchend (trotz seiner sechsundzwanzig Jahre war er schon dick und aufgedunsen und litt an Atemnot). »Es ist schrecklich! Ohne Sprachen bin ich wie ein Vogel ohne Flügel. Ich müsste einfach die ganze Arbeit aufgeben.«

Er entschloss sich, seine angeborene Faulheit um jeden Preis niederzuringen und die französische und die deutsche Sprache zu erlernen, und fing an, sich nach Lehrern umzusehen.

An einem Winternachmittag, als Worotow in seinem Zimmer saß und arbeitete, meldete ihm der Diener, dass ein Fräulein ihn sprechen möchte.

»Bitte sie herein,« sagte Worotow.

Ins Arbeitszimmer trat eine junge, nach der letzten Mode gekleidete Dame. Sie stellte sich als die französische Sprachlehrerin Alice Ossipowna Enquête vor und sagte, dass einer der Freunde Worotows sie zu ihm geschickt habe.

»Sehr angenehm! Nehmen Sie bitte Platz!«, sagte Worotow, um Atem ringend und mit der Hand den Kragen seines Nachthemdes verdeckend. (Um leichter zu atmen, pflegte er immer im Nachthemde zu arbeiten.) »Pjotr Sergejewitsch hat Sie empfohlen? Ja, ja ... ich habe ihn darum gebeten ... Freut mich sehr!«

Während er mit Mademoiselle Enquête verhandelte, blickte er sie schüchtern und neugierig an. Sie war eine echte, sehr graziöse und noch sehr junge Französin. Nach ihrem blassen und verträumten Gesicht, den kurzen Locken und der unnatürlich

---

[24] Übersetzt von Alexander Eliasberg.

dünnen Taille zu schließen, mochte sie höchstens achtzehn Jahre alt sein; als aber Worotow ihre breiten, gut entwickelten Schultern, den hübschen Rücken und die strengen Augen sah, dachte er sich, dass sie doch dreiundzwanzig, wenn nicht fünfundzwanzig sein müsse; dann aber kam es ihm wieder vor, als sei sie erst achtzehn. Ihr Gesichtsausdruck war kühl und geschäftlich wie bei einem Menschen, der gekommen ist, um über Geldangelegenheiten zu sprechen. Sie lächelte kein einziges Mal, zog auch nicht die Stirne kraus, und blickte nur einmal erstaunt, als sie erfuhr, dass sie keine Kinder, sondern einen erwachsenen dicken Herrn zu unterrichten hätte.

»Also, Alice Ossipowna,« sagte ihr Worotow, »wir wollen die Stunde von sieben bis acht Uhr abends festsetzen. Und was Ihren Wunsch betrifft, einen Rubel für die Stunde zu bekommen, so habe ich nichts dagegen. Gut, meinetwegen einen Rubel für die Stunde ...«

Er fragte sie noch, ob sie nicht eine Tasse Tee oder Kaffee möchte und ob draußen schönes Wetter sei; gutmütig lächelnd und mit der Hand das Tuch des Schreibtisches streichelnd, erkundigte er sich leutselig, wer sie sei, welche Studien sie gemacht habe und wovon sie lebe.

Alice Ossipowna antwortete ihm mit kühlem, geschäftlichem Ausdruck, dass sie ein Privatpensionat absolviert und das Lehrerinnenexamen gemacht habe; dass ihr Vater vor Kurzem an Scharlach gestorben sei, die Mutter aber noch lebe und künstliche Blumen herstelle; dass sie, Mademoiselle Enquète selber am Vormittag in einem Privatpensionat unterrichte, am Nachmittag aber bis zum Abend in besseren Häusern Stunden gebe.

Sie ging und ließ einen leichten, sehr zarten Duft ihres Kleides zurück, Worotow konnte dann lange Zeit nicht mehr arbeiten; er saß am Schreibtische, streichelte mit den Händen das grüne Tuch und ging seinen Gedanken nach.

– Es ist angenehm, ein junges Mädchen zu sehen, das sich selbst ihr Brot verdient, – dachte er sich. – Andererseits ist es doch schmerzlich, dass die Not selbst so graziöse und hübsche junge

Mädchen wie diese Alice Ossipowna nicht verschont und dass auch sie ums Dasein kämpfen muss. Traurig! ... –

Er, der noch niemals eine tugendhafte Französin gesehen hatte, glaubte, dass die so elegant gekleidete Alice Ossipowna mit ihren gut entwickelten Schultern und der unnatürlich feinen Taille außer den Stunden vielleicht auch noch eine andere Erwerbsquelle habe.

Am nächsten Abend, fünf Minuten vor sieben kam Alice Ossipowna, sie war ganz rosig vor Kälte. Sie schlug das Lehrbuch von Margot auf, das sie mitgebracht hatte, und begann ohne jede Einleitung:

»Die französische Grammatik hat sechsundzwanzig Buchstaben. Der erste Buchstabe heißt A, der zweite – B ...«

»Entschuldigen Sie,« unterbrach sie Worotow lächelnd: »Ich möchte Ihnen sagen, Mademoiselle, dass Sie für meine Person Ihre Methode etwas ändern müssen. Ich kann nämlich gut Russisch, Lateinisch und Griechisch ... ich habe die vergleichende Sprachwissenschaft studiert und glaube, dass wir, ohne erst den Margot durchzunehmen, gleich an die Lektüre irgendeines Autors schreiten können.«

Und er erklärte der Französin, wie Erwachsene fremde Sprachen zu erlernen pflegen.

»Einer meiner Bekannten,« sagte er, »der die neuen Sprachen erlernen wollte, legte vor sich ein französisches, deutsches und lateinisches Neues Testament hin und las sie parallel, wobei er aufmerksam jedes Wort analysierte. Und was glauben Sie? Er erreichte sein Ziel in weniger als einem Jahr. Wir wollen es ebenso machen. Wir nehmen irgendeinen Autor vor und versuchen zu lesen.«

Die Französin sah ihn verständnislos an. Der Vorschlag Worotows erschien ihr offenbar naiv und dumm. Hätte ihr diesen seltsamen Vorschlag ein jüngerer Schüler gemacht, so wäre sie wohl böse geworden und hätte ihn angeschrien; da sie aber einen erwachsenen und sehr dicken Menschen vor sich hatte, den sie nicht anschreien durfte, zuckte sie kaum merklich die Achseln und sagte:

»Wie Sie wünschen.«

Worotow suchte in seinem Bücherschrank und holte ein zerfetztes französisches Buch heraus.

»Ist dieses geeignet?«, fragte er.

»Es ist ganz gleich.«

»Also fangen wir mit Gottes Hilfe an. Beginnen wir mit dem Titel ... *Mémoires*.«

»Erinnerungen ....« übersetzte Mademoiselle Enquéte.

»Erinnerungen ....« wiederholte Worotow.

Gutmütig lächelnd und schwer atmend, gab er sich eine Viertelstunde mit dem Worte »*Mémoires*« und ebenso lange mit dem »*de*« ab. Das ermüdete Alice Ossipowna. Sie beantwortete seine Fragen matt, widersprach sich oft, verstand offenbar ihren Schüler schlecht und gab sich auch keine Mühe, ihn zu verstehen. Worotow stellte ihr seine Fragen, blickte dabei ab und zu auf ihr blondes Köpfchen und dachte sich:

– Es sind keine natürlichen Locken, sie brennt sich das Haar. Merkwürdig! Sie arbeitet vom Morgen bis zum Abend und findet dabei Zeit, sich das Haar zu brennen. –

Punkt acht Uhr erhob sie sich, sagte trocken und kühl: »*au revoir monsieur*« und verließ das Zimmer; wieder blieb jener zarte, aufregende Duft zurück. Der Schüler tat wieder lange Zeit nichts; er saß am Tisch und dachte.

In den folgenden Tagen überzeugte er sich, dass seine Lehrerin nett, ernst und pünktlich, doch sehr ungebildet war und es gar nicht verstand, einen Erwachsenen zu unterrichten; darum entschloss er sich, um keine Zeit zu verlieren, sich von ihr zu trennen und einen anderen Lehrer zu nehmen. Als sie zum siebenten Male kam, holte er aus der Tasche ein Kuvert mit sieben Rubeln und begann, es in der Hand haltend, sehr verlegen:

»Entschuldigen Sie, Alice Ossipowna, ich muss Ihnen sagen, dass ich ... leider genötigt bin ...«

Als die Französin das Kuvert sah, verstand sie sofort, um was es sich handelte; durch ihr Gesicht ging zum ersten Mal seit Beginn des Unterrichts ein Zittern, und der kühle, geschäftliche Ausdruck verschwand. Sie errötete leicht, senkte die Augen und fing an, nervös an ihrem dünnen goldenen Kettchen zu nesteln. Als Worotow ihre Erregung merkte, begriff er, was für sie ein Rubel bedeutete und wie schwer es ihr fiel, diese Verdienstmöglichkeit zu verlieren.

»Ich muss Ihnen sagen ...« murmelte er in noch größerer Verlegenheit; in seiner Brust krampfte sich etwas zusammen, er steckte das Kuvert schnell in die Tasche und fuhr fort: »Entschuldigen Sie, ich ... ich muss Sie für zehn Minuten verlassen ...«

Er tat so, als hätte er gar nicht die Absicht gehabt, ihr zu kündigen, sondern wollte sie nur um Erlaubnis bitten, sie für eine Weile allein zu lassen. Er ging ins Nebenzimmer und blieb dort zehn Minuten. Als er zurückkam, fühlte er sich in noch größerer Verlegenheit als vorhin: Er sagte sich, dass sie sein Verschwinden für die kurze Zeit irgendwie falsch auffassen könnte, und das war ihm peinlich.

Der Unterricht wurde fortgesetzt.

Worotow lernte ohne jede Lust. Da er wusste, dass diese Stunden doch zu nichts führen würden, gab er der Französin volle Freiheit, stellte keine Fragen und unterbrach sie nicht mehr. Sie übersetzte, wie sie wollte, an die zehn Seiten in jeder Stunde, er aber hörte ihr gar nicht zu, atmete schwer und betrachtete, um die Zeit totzuschlagen, bald ihren lockigen Kopf, bald den Hals, bald die zarten weißen Hände und atmete den Duft ihres Kleides ein ...

Er ertappte sich auf hässlichen Gedanken und schämte sich ihrer; oder aber er wurde rührselig, und dann ärgerte er sich, dass sie sich gegen ihn so kühl und geschäftlich wie gegen einen Schüler benahm, dass sie niemals lächelte und zu fürchten schien, dass er sie zufällig berühren könnte. Er fragte sich immer: wie er ihr Zutrauen einflößen und sie näher kennenlernen könnte, um ihr dann zu helfen und zu erklären, wie schlecht die Ärmste unterrichtete.

Einmal kam Alice Ossipowna in einem eleganten rosa Kleid mit kleinem Halsausschnitt in die Stunde; ihr entströmte ein so starker Duft, dass man unwillkürlich glaubte, sie sei in einer Wolke gehüllt und würde davonfliegen oder wie Rauch verschwinden, wenn man sie nur anbliese. Sie entschuldigte sich und sagte, dass sie heute nur eine halbe Stunde bleiben könne, da sie gleich nach der Stunde auf einen Ball gehen wolle.

Er sah ihren Hals und den in der Nähe des Halses entblößten Rücken und glaubte zu verstehen, weshalb die Französinnen für leichtsinnige und leicht zu verführende Geschöpfe gehalten werden; er ertrank in diesem Nebel von Duft, Schönheit und Entblößung; sie aber ahnte gar nicht seine Gedanken, kümmerte sich wohl auch nicht um sie, blätterte schnell eine Seite nach der anderen um und übersetzte mit Volldampf:

»Er ging über die Straße und traf einen Herrn seiner Bekannten und sagte: ›Wohin streben Sie, indem ich Ihr Gesicht so blass sehe, macht mir das Schmerz.‹«

Die »*Mémoires*« waren schon längst erledigt, und Alice übersetzte jetzt ein anderes Buch. Einmal kam sie eine Stunde zu früh und entschuldigte sich damit, dass sie ins kleine Theater wolle. Als sie gegangen war, zog sich Worotow um und begab sich gleichfalls ins Theater. Er ging hin, wie er glaubte, nur um sich etwas zu zerstreuen und zu erholen; an Alice dachte er dabei gar nicht. Er hätte es auch gar nicht zugeben können, dass ein ernster, schwerfälliger Mann, der sich für die wissenschaftliche Laufbahn vorbereite, imstande sein könne, alles liegen zu lassen und ins Theater zu gehen, nur um dort ein gar nicht kluges, wenig intelligentes junges Mädchen, das er obendrein wenig kennt, zu treffen.

Doch in den Pausen hatte er, er wusste selbst nicht warum, Herzklopfen; ohne es selbst zu merken, lief er wie ein grüner

Junge durchs Foyer und die Gänge und suchte ungeduldig mit den Blicken; wenn aber eine Pause zu Ende war, empfand er Langeweile. Als er das ihm bekannte rosa Kleid und die hübschen Schultern unter Tüll erblickte, krampfte sich sein Herz wie in der Vorahnung eines Glücks zusammen, er lächelte freudig und fühlte zum ersten Mal in seinem Leben etwas wie Eifersucht.

Alice ging in Begleitung zweier Studenten mit unschönen Gesichtern und eines Offiziers. Sie lachte, sprach laut und kokettierte; Worotow hatte sie noch nie so gesehen. Offenbar war sie glücklich, zufrieden, aufrichtig und warm. Warum? Weshalb? Vielleicht, weil diese Menschen ihr nahestanden und dem gleichen Kreise angehörten, wie sie selbst ... Und Worotow sah einen Abgrund zwischen sich und diesem Kreise. Er machte eine Verbeugung, sie aber nickte ihm nur kühl zu und ging schnell vorüber; offenbar wollte sie nicht, dass ihre Kavaliere erfuhren, dass sie Schüler habe und aus Not Stunden gebe.

Nach dieser Begegnung im Theater begriff Worotow, dass er verliebt war ... Wenn er während der folgenden Stunden seine hübsche Lehrerin mit den Augen verschlang, kämpfte er nicht mehr gegen sich selbst, sondern gab allen seinen keuschen Gedanken volle Freiheit. Das Gesicht der Alice Ossipowna blieb nach wie vor kühl, jeden Abend Punkt acht Uhr sagte sie ihm ruhig »*au revoir, monsieur*«, er fühlte, dass sie gegen ihn gleichgültig war und gleichgültig bleiben würde, und seine Lage kam ihm hoffnungslos vor.

Zuweilen ließ er während der Stunde seiner Fantasie die Zügel schießen, hoffte, baute Luftschlösser, legte sich in Gedanken eine Liebeserklärung zurecht und dachte daran, dass die Französinnen leichtsinnig und leicht zu verführen seien; doch wenn er nur das Gesicht seiner Lehrerin anblickte, erloschen seine Gedanken sofort, wie eine Kerze erlischt, wenn man sie bei Wind auf die Veranda der Sommerwohnung hinausträgt. Einmal war er so berauscht, dass er sich ganz vergaß und ihr, als sie nach der Stunde sein Zimmer verließ, in den Weg trat und keuchend und stotternd eine Liebeserklärung machte:

»Sie sind mir teuer! Ich ... ich liebe Sie! Lassen Sie mich sprechen!«

Alice erbleichte, – wahrscheinlich aus Angst, dass sie nach dieser Erklärung nicht mehr zu ihm kommen dürfte und den Rubel für die Stunde verlieren würde; sie machte erschrockene Augen und flüsterte laut:

»Ach, das dürfen Sie nicht! Ich bitte Sie, sprechen Sie nicht so! Das dürfen Sie nicht!«

Worotow schlief darauf die ganze Nacht nicht. Er verging vor Scham, machte sich Vorwürfe und dachte gespannt nach. Es schien ihm, dass er mit seiner Erklärung das junge Mädchen beleidigt hätte und dass sie nicht mehr kommen würde.

Er entschloss sich, am nächsten Morgen auf der Polizei ihre Adresse zu erfahren und ihr einen Entschuldigungsbrief zu schreiben. Alice kam aber auch ohne den Brief. In den ersten Augenblicken war sie etwas befangen, dann aber schlug sie das Buch auf und fing an, schnell und gewandt wie immer zu übersetzen:

»Oh, junger Herr, zerreißen Sie nicht die Blumen in meinem Garten, welche ich will geben meiner kranken Tochter ...«

Sie kommt auch heute noch zu ihm. Vier Bücher sind schon übersetzt, aber Worotow weiß nichts außer dem Worte »*Mémoires*«; wenn man ihn aber über seine wissenschaftliche Arbeit fragt, winkt er abwehrend mit der Hand und bringt die Rede auf das Wetter.

Das Gewinnlos [25]

Iwan Dmitritsch, ein kleiner Mann, der für sich und seine Familie zwölfhundert Rubel im Jahre zu verzehren hatte und mit seinem Schicksal sehr zufrieden war, setzte sich eines Abends nach dem Essen auf seinen Diwan und begann die Zeitung zu lesen.

»Ich hab' heute vergessen, nachzusehen,« sagte seine Frau, die den Tisch abdeckte, »sieh' mal nach, ist die Ziehungsliste nicht drin?«

»Ja, schon,« antwortete Iwan Dmitritsch, »aber du hast dein Prämienlos doch verpfändet, ist es denn nicht verfallen?«,

»Nein, ich habe letzten Dienstag die Zinsen bezahlt.«

»Was für eine Nummer hast du denn?«

»Serie 9499, Nummer 26.«

»Also schaun wir mal ... 9499 und 26.«

Iwan Dmitritsch glaubte an kein Lotterieglück. Und sonst wäre es ihm nie eingefallen, in die Ziehungsliste zu schauen, aber heute, aus Langeweile nur und weil er die Zeitung gerade so bequem bei der Hand hatte, fuhr er mit dem Finger die Seriennummer hinunter. Und sofort, als wollte sie sich über seine Ungläubigkeit lustig machen, stach ihm schon in der zweiten Zeile von oben die Zahl 9499 in die Augen! Ohne nach der Losnummer zu sehen, – er traute sich nicht, – ließ er die Zeitung schnell auf seine Knie sinken und verspürte ein angenehmes Kältegefühl in der Herzgrube, als hätte ihm jemand einen Eimer kaltes Wasser auf den Bauch gegossen: es kitzelte und machte ihn schaudern und war doch sehr angenehm.

»Mascha, 9499 hat gewonnen,« sagte er mit dumpfer Stimme.

Seine Frau sah ihm in das staunende, erschrockene Gesicht und begriff, dass er keinen Spaß machte.

---

[25] Übersetzt von Korfiz Holm.

»9499?«, fragte sie und wurde ganz bleich und ließ das zusammengefaltete Tischtuch auf den Tisch fallen.

»Ja, ja ... Ganz im Ernst!«

»Und die Losnummer?«

»Ach ja! Auch die Losnummer. Übrigens, halt! ... Wart' mal. Nein, sag' mal ... Immerhin ist es unsere Seriennummer! Immerhin verstehst du ...«

Iwan Dmitritsch sah seine Frau an und lächelte breit und geistesabwesend, wie ein kleines Kind, wenn man ihm was Blankes zeigt. Seine Frau lächelte auch: Ihnen beiden war es ein angenehmes Gefühl, dass er nur die Serie genannt hatte und sich nicht beeilte, nach der Nummer des glücklichen Loses zu schauen. Sich selbst mit der Hoffnung auf ein mögliches Glück ein bisschen zu martern und zu necken, das ist so angenehm, so spannend!

»Unsere Seriennummer ist's,« sagte Iwan Dmitritsch nach einem langen Schweigen, »das heißt, es besteht die Wahrscheinlichkeit, dass wir gewonnen haben. Es ist zwar nur eine Wahrscheinlichkeit, aber die besteht doch!«

»Na, jetzt schau aber nach.«

»Halt! Enttäuscht werden wir immer noch früh genug. Es ist die zweite Zeile von oben. Das bedeutet also einen Gewinn von fünfundsiebzigtausend. Das ist kein Geld, das ist eine Macht, ein Kapital! Und jetzt brauche ich nur gleich mal in die Liste zu gucken, und da steht dann – 26. He? Hör' mal, und wenn wir tatsächlich gewonnen hätten?«

Das Ehepaar begann zu lachen und sah sich lange schweigend an. Die Möglichkeit des Glückes benebelte sie, sie konnten nicht einmal überlegen oder sagen, wozu sie die fünfundsiebzigtausend Rubel brauchen könnten, was sie sich anschaffen, wohin sie reisen würden. Sie dachten nur an die Zahlen 9499 und 75.000 und malten sie in Gedanken vor sich hin, und das Glück selbst, das so sehr im Bereich der Möglichkeit lag, bedachten sie gar nicht.

Iwan Dmitritsch ging, die Zeitung in der Hand, ein paar Mal im Zimmer auf und ab, und erst als sich der erste Eindruck in ihm etwas gesetzt hatte, begann er allmählich zu überlegen.

»Und wenn wir nun gewonnen haben?«, sagte er, »das gäbe ein ganz neues Leben, das wäre eine Katastrophe! Das Los gehört dir, aber wenn es mir gehörte, so würde ich mir vor allen Dingen für fünfundzwanzigtausend Rubel Immobilien kaufen, ein Gut zum Beispiel; zehntausend für einmalige Ausgaben: Eine neue Einrichtung ... eine Reise, Schulden bezahlen und so weiter ... Die Übrigen vierzigtausend würde ich auf der Bank in verzinslichen Werten anlegen ...«

»Ja, ein Gut, das ist schön,« sagte die Frau und setzte sich, die Hände auf die Knie gestemmt.

»Irgendwo im Gouvernement Tula oder Orjol ... Erstens hat man eine Sommerwohnung, und dann trägt ein Gut auch was ein.«

Und in seiner Fantasie häuften sich die Bilder, eins freundlicher und poetischer als das andere, und in allen diesen Bildern sah er sich selbst, satt, ruhig, gesund, und immer war's ihm warm, ja heiß! Ja, da liegt er nun, er hat grade eine wundervolle eiskalte Suppe gegessen, und liegt nun auf dem Rücken im heißen Sande, dicht am Bach oder im Garten unter der Linde ... Heiß ist es ... Sein kleiner Sohn und seine Tochter spielen in seiner Nähe, sie graben im Sand oder fangen im Grase Käfer. Er liegt in behaglichem Halbschlummer, denkt an nichts und hat in allen Gliedern das angenehme Gefühl, dass er nicht ins Büro muss, heute nicht, und morgen nicht, und übermorgen nicht. Und hat er lange genug gelegen, geht er auf den Heuschlag oder sucht Schwämme im Walde, oder sieht zu, wie die Bauern angeln. Bei Sonnenuntergang nimmt er das Handtuch und die Seife und begibt sich in die Badehütte. Dort zieht er sich gemächlich aus, streicht sich lange mit den Händen über die nackte Brust und steigt ins Wasser. Und im Wasser tummeln sich um die trüben Seifenringe die Fischchen, schaukeln sich die Wassergräser. Nach dem Bade ein Glas Tee mit Rahm und Butterkringeln dazu ... Abends ein Spaziergang, oder eine Partie Whist mit den Nachbarn.

»Ja, ein Gut kaufen, das wäre schön,« sagt die Frau, die auch darüber nachdenkt. Und man sieht an ihrem Gesicht, dass sie ganz begeistert ist von ihren Gedanken.

Iwan Dmitritsch malt sich den Herbst aus mit seinen Regenschauern, seinen kalten Winden und dem Altweibersommer in der Luft. Um diese Jahreszeit muss man extra lange im Garten, im Gemüsegarten und am Flussufer spazieren gehen, damit man recht durchkältet wird. Und dann trinkt man einen großen Schnaps und darnach als Imbiss Anchovis oder eine saure Gurke mit Dill eingemacht, und – dann trinkt man noch einen. Die Kinder kommen aus dem Gemüsegarten hereingelaufen und bringen eine Möhre oder eine Rübe mit, die nach frischer Erde duftet ... Und dann rekelt man sich auf dem Diwan und blättert ganz gemächlich irgendeine illustrierte Zeitschrift durch, und nachher deckt man sich die Zeitschrift über das Gesicht, knöpft seine Weste auf und duselt ein bisschen ...

Auf den Altweibersommer folgt eine verdrießliche, regnerische Zeit. Tag und Nacht regnet es, die nackten Bäume weinen, der Wind geht rau und kalt. Die Hunde, die Pferde, die Hühner – alles ist nass, verdrossen, ängstlich. Spazieren gehen kann man nicht, man kann nicht vor die Tür hinaus, den ganzen Tag darf man sich aus einer Ecke in die andere drücken und gelangweilt nach den trüben Fenstern gucken. Ledern!

Iwan Dmitritsch blieb stehen und sah seine Frau an.

»Weißt du was, Mascha, ich würde ins Ausland reisen,« sagt er.

Und er begann darüber nachzudenken, wie angenehm es wäre, im Spätherbst ins Ausland zu reisen, nach dem südlichen Frankreich, Italien ... Indien!

»Ich würde auch ganz sicher ins Ausland reisen,« sagte seine Frau, »und jetzt sieh' mal nach der Losnummer!«

»Halt! Wart' mal ...«

Er ging im Zimmer auf und ab und dachte weiter. Ihm kam der Gedanke: Und was wäre dann, wenn meine Frau wirklich ins Ausland reiste? Allein zu reisen, ist nett, oder in Begleitung von leichtlebigen, sorglosen Frauen, die nur dem Augenblick leben, aber nicht mit einer Frau, deren Gedanken und Worte sich auf der ganzen Reise nur um ihre Kinder drehen, die ewig seufzt und Angst hat und für jede Kopeke zittert. Iwan Dmitritsch sah seine Frau vor sich, im Eisenbahnwagen, mit einer Menge Paketen, Körbchen, Bündelchen; er sah sie seufzen und jammern, weil ihr von der Bahnfahrt der Kopf schmerzte und weil sie so viel Geld verbraucht hatte; und natürlich würde er auf den Stationen nach kochendem Wasser und Butterbroten laufen müssen ... Mittag essen kann sie ja nicht, das kostet zu viel ...

– Jede Kopeke wird sie mir nachrechnen, – dachte er und sah seine Frau an. – Das Los gehört ihr und nicht mir! Wozu braucht sie überhaupt ins Ausland zu fahren? Was würde sie da denn sehen? Sie wird den ganzen Tag im Hotelzimmer sitzen und mich nicht von ihrer Seite lassen ... Das kenn' ich schon!

Und zum ersten Mal in seinem Leben bemerkte er, dass seine Frau alt und hässlich geworden war und stark nach der Küche roch, er selbst aber war noch jung, gesund, frisch, er hätte gleich eine zweite Frau gefunden.

– Selbstverständlich, – dachte er, – das ist dummes Zeug, aber ... warum muss sie ins Ausland reisen? Was versteht sie denn davon? Und stellen wir uns mal vor, sie reiste ... Neapel oder Klin, das ist für sie dock ganz egal. Sie würde mir nur im Wege sein. Ich wäre abhängig von ihr. Ich kann's mir so gut vorstellen, wenn sie das Geld kriegt, sperrt sie es wie ein richtiges Frauenzimmer in den Schrank und hängt sechs Schlösser davor ... Vor mir wird sie's verstecken ... An ihre Verwandtschaft wird sie's hängen, und mir wird sie jede Kopeke nachrechnen.

Iwan Dmitritsch stellte sich diese Verwandtschaft vor. Wie alle diese Brüder, Schwestern, Tanten, Onkel angezogen kommen würden, wenn sie von dem Lotteriegewinn gehört hätten, wie sie sie bettlerhaft beschwören würden, wie sie fettig lächeln und schmeicheln würden. Ein ekliges, trauriges Gesindel! Gibt man ihnen was, dann wollen sie noch mehr; kriegen sie nichts, dann fluchen sie, machen Klatschereien, wünschen einem alles Unglück an den Hals.

Iwan Dmitritsch dachte an seine Verwandten, und ihre Gesichter, die ihm bisher ganz gleichgültig gewesen waren, schienen ihm auf einmal widerlich und verhasst.

– Diese Ekel! – dachte er.

Und das Gesicht seiner Frau schien ihm jetzt auch widerlich und verhasst. In seinem Innern kochte eine Wut gegen sie, und voll Schadenfreude dachte er:

– Sie versteht nichts von Geldsachen, darum ist sie geizig. Wenn sie wirklich gewonnen hat, gibt sie mir nur hundert Rubel, den Rest schließt sie ein. –

Und schon sah er seine Frau nicht mehr lächelnd, sondern hasserfüllt an. Sie sah ihn auch an, und auch voll Hass und Bosheit. Sie hatte ihre freudigen Gedanken, ihre Pläne, ihre Träume; und sie begriff ganz genau, wovon ihr Mann träumte. Sie wusste, er würde der Erste sein, der seine Pfoten nach ihrem Gewinn ausstrecken würde.

Auf fremde Kosten kann man leicht Pläne machen, sagte ihr Blick, nein, nein, probier' es nur!

Ihr Mann verstand diesen Blick; der Hass wälzte sich in seiner Brust, und um seine Frau zu ärgern, schaute er ihr zum Possen schnell auf die vierte Seite der Zeitung und verkündete triumphierend:

»Serie 9499, Los Nummer 46! Aber nicht 26!«

Die Hoffnung und der Hass schwanden beide zu gleicher Zeit, und im selben Augenblick schien es Iwan Dmitritsch und seiner Frau, als wären ihre Zimmer doch sehr dunkel, klein und niedrig, das Abendessen, das sie verzehrt hatten, schien sie nicht gesättigt, sondern ihnen nur Magendrücken gemacht zu haben, die Abende daheim dehnten sich in unerträglicher Langeweile.

»Weiß der Teufel überhaupt,« sagte Iwan Dmitritsch, dessen üble Laune einen Ableiter suchte, »wohin man tritt, überall liegen Papierfetzen, Brotkrumen, Eierschalen. Gekehrt wird in unserer Wohnung überhaupt nicht mehr. Ich muss aus dem Hause, hol' mich der Teufel mit Haut und Haar. Ich geh' und hänge mich an der ersten besten Espe auf.«

Die Sünde [26]

Der Kollegienassessor Migujew blieb während seines Abendspazierganges an einer Telegrafenstange stehen und seufzte tief auf. Genau an dieser Stelle hatte ihn vor einer Woche, als er von einem Spaziergang heimkehrte, sein früheres Zimmermädchen Agnia eingeholt und ihm wütend zugerufen:

»Wart' du nur! – Ich werde dir schon zeigen, was es heißt, unschuldige Mädchen zu verführen! Das Kind werfe ich dir vor die Tür ... zum Gericht geh' ich ... Deiner Frau erzähle ich es ...«

Und sie verlangte, dass er in der Bank auf ihren Namen fünftausend Rubel hinterlegte. Migujew dachte daran, seufzte und machte sich mit aufrichtiger Reue von Neuem den Vorwurf, sich durch die Schwäche eines Augenblicks soviel Sorgen und Leiden aufgebürdet zu haben.

Bei seiner Sommerwohnung angekommen, setzte sich Migujew auf die Veranda und ruhte aus. Es war Punkt zehn Uhr, und hinter den Wolken schaute ein Stückchen der Mondscheibe hervor. Auf der Straße und um die Landhäuser herum sah man niemand: die alten Sommerfrischler legten sich schon zu Bett, und die jungen gingen im Walde spazieren. Migujew suchte in den Taschen nach Zündhölzchen, um sich eine Zigarette anzuzünden, und stieß dabei mit dem Ellbogen auf etwas Weiches; gleichgültig schaute er hin, und plötzlich durchfuhr ihn ein solcher Schreck, als hätte er neben sich eine Schlange erblickt. Auf der Veranda, hart an der Tür, lag ein Bündel. Irgendwas Längliches war in etwas eingewickelt, das wie eine gesteppte Decke aussah. Das eine Ende des Bündels war offen, und wie der Kollegienassessor seine Hand da hineinsteckte, fühlte er etwas Warmes, Feuchtes. Entsetzt sprang er auf und schaute um sich, wie ein Sträfling, der seinen Wächtern entspringen will ...

---

[26] Übersetzt von Wladimir Czumikow.

– Also hat sie es doch getan! – murmelte er durch die Zähne und ballte wütend die Fäuste. – Da liegt es ... da liegt die Sünde! Oh, Herrgott!

Vor Furcht, Wut und Scham war er wie erstarrt ... Was sollte er nun tun? Was wird seine Frau dazu sagen, wenn sie es erfährt? Was seine Kollegen? Seine Exzellenz wird ihn gewiss auf den Bauch klopfen, ausplatzen und sagen: »Gratuliere ... He-he-he ... Na ja, Alter schützt ... Ein Teufelskerl, unser Semjon Erastowitsch!« Die ganze Sommerfrischlerkolonie wird sein Geheimnis erfahren, und die ehrwürdigen Matronen werden ihm vielleicht sogar ihr Haus verweisen ... Ausgesetzte Kinder werden in allen Zeitungen registriert, und so wird der bescheidene Name Migujews die Runde durch alle Gaue Rußlands machen ...

Das Mittelfenster der Landwohnung war offen, und man hörte deutlich, wie drinnen Anna Filippowna, Migujews Frau, den Tisch zum Abendessen deckte; im Hof, gleich hinterm Tor, klimperte der Hausknecht Jermolaj auf seiner Balalaika ... Das Kind brauchte nur aufzuwachen und zu schreien, und das Geheimnis wäre verraten. Migujew empfand einen unüberwindlichen Drang zur Eile ...

– Schnell ... schnell ... murmelte er. – Den Augenblick, solang es niemand sieht ... Ich trag' es irgendwohin und tu' es auf eine Treppe ...

Migujew nahm das Bündel untern Arm und ging langsamen Schrittes, um nicht aufzufallen, die Straße entlang ...

– Eine verdammt unangenehme Lage! – dachte er, ein möglichst gleichgültiges Aussehen annehmend. – Ein Kollegienassessor geht mit einem Kind auf dem Arm durch die Straßen! Mein Gott! Wenn mich jemand erblickt und das Ganze errät, bin ich verloren ... Hier auf die Veranda tu' ich es hin ... Nein halt, hier sind die Fenster offen, und es sieht vielleicht jemand ... Wohin dann? Aha, ich bring' es zur Villa des Kaufmanns Mjelkin ... Der ist reich und gutmütig; vielleicht macht ihm das sogar Freude, und er behält das Kind und zieht es auf. –

Und Migujew beschloss, das Kind jedenfalls zu Mjelkin zu tragen, obgleich dessen Wohnung sich in einer der äußersten Straßen befand, hart am Fluss.

– Wenn es nur nicht anfängt zu schreien oder herausfällt, – dachte der Kollegienassessor. – Ja, da kann man wohl sagen: Gott gibt's den Seinen im Schlaf! Da trag' ich jetzt einen lebendigen Menschen, wie ein Portefeuille, unterm Arm. Ein lebendiger Mensch, mit Seele, Gefühl, wie alle ... Wenn z. B. Mjelkins das Kind aufziehen wollten, so würde aus ihm vielleicht so ein ... Vielleicht wird aus ihm so ein Professor, oder Feldherr, oder Schriftsteller ... Was passiert nicht heutzutage! Jetzt trag' ich's unterm Arm wie ein Lumpenbündel, und nach dreißig bis vierzig Jahren werde ich vor ihm vielleicht strammstehn müssen ... –

Als Migujew durch ein enges, ödes Gässchen, längs den endlosen Zäunen im Dunkeln Schatten der Linden daherging, erschien es ihm plötzlich, als täte er etwas Grausames und Verbrecherisches.

– Wie gemein ist es doch eigentlich! – dachte er. – So gemein, dass man etwas Scheußlicheres sich nicht ausdenken kann ... Wozu schmeißen wir so einen unglücklichen Säugling von einer Treppe auf die andere. Ist er denn an seiner Geburt schuld? Und was hat er uns Böses getan? Schufte sind wir ... Wir amüsieren uns, und die Kinder müssen es ausbaden ... Man braucht sich da nur hineinzudenken! Ich habe die Schweinerei gemacht, und das Kindlein wird dafür sein ganzes Leben lang büßen müssen ... Ich tu' es also zu Mjelkins hin, Mjelkins schicken es ins Findelhaus, wo alles fremd und statutenmäßig ist ... keine Liebe, keine Zärtlichkeit, keine Hätschelei ... Später gibt man es zu einem Schuster in die Lehre ... saufen und fluchen lernt es, wird Hunger leiden ... Zu einem Schuster – den Sohn eines Kollegienassessors, von adligem Blute ... Es ist doch mein Fleisch und Blut ... –

Migujew trat aus dem Schatten der Bäume auf den mondscheinübergossenen Weg und schaute, das Bündel öffnend, den Säugling an.

– Er schläft, – flüsterte er. – So ein Kerl, eine Adlernase hat er, ganz wie der Vater ... Er schläft und ahnt nicht, dass sein Vater auf ihn schaut ... Ja, ein Drama, mein Bester ... Ja, was ist da zu machen, mein Bester, verzeih' ... verzeih' ... Es ist nun mal dein Schicksal, so ... –

Der Kollegienassessor blinzelte mit den Augen und fühlte, wie ihm etwas die Wangen netzte ... Er wickelte das Kind ein, nahm es untern Arm und ging weiter. Den ganzen Weg, bis zur Villa Mjelkin, beschäftigten seinen Kopf soziale Fragen, während ihm das Gewissen die Brust beengte.

– Wenn ich ein ordentlicher, ehrlicher Mensch wäre, – dachte er, – würde ich auf alles das spucken, mit dem Kindchen zu Anna Filippowna gehen, mich vor ihr auf die Knie werfen und sprechen: »Vergib mir! Ich habe gesündigt! Peinige mich, aber das unschuldige Kind wollen wir nicht verstoßen! Selbst haben wir keine Kinder, ziehen wir es auf!« Sie ist ein braves Frauenzimmer und würde schon darauf eingehen ... Und mein Kind wäre dann bei seinem Vater ... –

Er näherte sich der Villa Mjelkin und blieb unschlüssig stehen ... Er stellte sich vor, wie er bei sich im Wohnzimmer sitzen und die Zeitung lesen werde, während um ihn herum ein Knäblein mit einer Adlernase sich zu schaffen macht und mit den Quasten seines Schlafrocks spielt; zugleich aber drängten sich seiner Fantasie die schmunzelnden Kollegen und die ihm auf den Bauch klopfende Exzellenz auf ... In der Seele aber saß ihm, neben dem peinigenden Gewissen, etwas Warmes und Zartes und Trübes ...

Der Kollegienassessor legte den Säugling behutsam auf eine Stufe der Terrasse und machte eine abwehrende Handbewegung. Auf seinem Gesicht fühlte er wieder etwas Feuchtes ...

– Verzeih' mir, mein Bester, mir altem Schuft! – murmelte er. – Verzeih' ... –

Er tat einen Schritt zurück, räusperte sich aber sogleich entschlossen und sagte:

– Na, hol's der Kuckuck! Ich spucke auf alles! Lass die Leute reden, was sie wollen, ich nehme es doch! –

Migujew nahm den Säugling und ging schnell zurück.

– Lass sie reden, was sie wollen, – dachte er. – Ich werfe mich sogleich auf die Kniee und sage: »Anna Filippowna!« Sie ist ja gut und wird es begreifen ... Und wir werden es erziehen ... Ist es ein Knabe, so nennen wir ihn Wladimir, ist's ein Mädchen, dann Anna .... So wird man doch wenigstens im Alter einen Trost haben ... –

Und er tat, wie er beschlossen .... Weinend, vor Furcht und Scham vergehend, voll Hoffnung und einem undefinierbaren Entzücken, trat er in seine Wohnung, ging zu seiner Frau und warf sich vor ihr auf die Kniee ...

»Anna Filippowna!«, sagte er aufschluchzend und ihr das Kind vor die Füße legend. – »Geh' nicht mit mir ins Gericht ... Ich habe gesündigt! Das hier ist mein Kind ... Du entsinnst dich der Agnia also ... der Böse hat uns verführt ...«

Und sinnlos vor Scham und Furcht, ohne eine Antwort zu erwarten, sprang er auf und stürzte hinaus in die freie Luft, wie einer, den man eben gezüchtigt hat.

– Ich bleibe hier draußen, bis sie mich ruft, – dachte er, – dass sie zu sich kommt und sich entschließt ... –

Der Hausknecht Jermolaj ging mit der Balalaika an ihm vorbei, sah ihn an und zuckte die Achseln ... Nach einer Minute ging er wieder vorbei und zuckte die Achseln ...

»Ist das eine Geschichte,« murmelte er lächelnd. – »Da war eben, Ew. Gnaden, hier ein Frauenzimmer, die Wäscherin Aksinja. So ein dummes Huhn, legt hier an der Straße ihr Kind auf die Veranda hin, und während sie bei mir drinnen sitzt, hat jemand das Kind genommen und weggebracht ... Ist das eine Geschichte!«

»Was? Was sagst du?«, brüllte aus voller Kehle Migujew.

Jermolaj, der den Zorn des Herrn auf seine Art deutete, kratzte sich im Nacken und seufzte.

»Verzeihen, Semjon Erastowitsch,« sagte er, »aber jetzt, um diese Zeit, in der Sommerfrische, geht es nicht ohne ... ohne Frauenzimmer, das heißt ...«

Und er warf einen Blick auf das Staunen und verhaltene Wut ausdrückende Gesicht des Herrn, räusperte sich und fuhr fort.

»Das ist natürlich unschicklich, aber was soll man machen ... Ew. Gnaden haben zwar verboten, fremde Weiber in den Hof zu lassen, aber wenn man keine eignen hat ... Früher, als die Agnia da war, ließ ich keine fremden herein, natürlich, weil man die hatte, aber jetzt, wo nichts da ist, kann man schon ohne andere Frauenzimmer nicht auskommen ... Als die Agnia da war, kam natürlich so was Unpassendes nicht vor, weil man die Agnia selbst ...«

»Pack' dich zum Teufel, du Luder!«, brüllte ihn Migujew an, stampfte mit den Füßen und ging zurück ins Zimmer.

Anna Filippowna saß noch auf der alten Stelle, erstaunt und empört, und wandte ihre verweinten Augen nicht vom Säugling ...

»Nun, nun ...« stammelte der bleiche Migujew, den Mund zu einem Lächeln verzerrend. – »Ich habe ja nur Spaß gemacht ... Das ist ja gar nicht meins ... es gehört der Wäscherin Aksinja. Ich ... ich spaßte ja nur ... Bring' es zum Hausknecht.«